伊藤たかみ

ぎぶそん

ポプラ社

ぎぶそん

1

なにから話そう？　はじめのあいさつは大切だっていうから、そこからやろうかな。

コンニチハ。ぼくはガクってよばれてる。きみはだれ？　名前は？

まずは「かける」って子の話からはじめよう。


かけるは、さやま団地ってところに住んでいた。

そこは、はっきりいって変な場所だった。団地だけど、みんなが知っているのとはちょっとちがう。古くて小さな平屋《ひらや》がいくつも並んでいて、バンガローのあるキャンプ場みたいだった。

どの家にも部屋はひとつか二つぐらいしかなく、中はとてもせまい。

「さやま団地は、ほんまガラ悪いの」

かけるの家の前につくなり、マロがいった。

ろくにきたこともないくせに、てきとうなことというもんじゃない……なんてことはよくわかっている。でも、そのときはぼくも同じ気持ちだった。今までに見てきた景色と、さやま団地は、あまりにもちがっていたからだ。たとえば道路のはしっこに、使っていない車が捨ててある。昼間は会社にいっているはずの大人が、なぜか酒を飲んでいる。まるで、外国にいるみたいだった。いったことないけど。

とにかく、「ガラ悪いの」って口に出していわないと、自分たちがこの場所に負けてしまうような気がした。社会見学で、ほかの学校のやつらといっしょになったような気分。そいつらの学校にだけは負けたくない感じ。

「ガク。あっちにいるやつら、おれらのことじろじろ見てるで。なんでやろ」

「マロニーつれてきたらよかったかな」

「あにきのこと、マロニーいうな。ばれたら、おれまでしばかれるから」

マロは、いつものようにむっとしていた。だけどマロの兄ちゃんなんだから、やっぱりマロニーってよびたい。それに、一度思いついたらくせになって、もう直りそうもなかった。

「いうなや?」

「かけるは、なにしてんや」

ぼくはマロをムシした。「家にいくって、きのう電話したはずやのに」

「あっ、ガク。あいつら、こっちきたで」

マロがうるさいからそっちを見ると、たしかに大人が二人、こっちにむかって歩いてきた。でも道はここにしかないんだから、そりゃあ、こっちかあっちかに歩くしかない。二人とも酔《よ》っぱらっているみたいで、大声で話しているからこわく感じるだけだ。

なのにマロは、二人組から逃げるみたいに、玄関《げんかん》のドアをばこばこなぐりだした。チャイムは取りはずされているから、ドアをたたくしかない。

「かける!　おらんのかー!　あけ……」

「だれじゃぼけッ!」

いきなりうすっぺらなドアがあいた。そこには、これまた酒くさい大人が立っていた。大人は大人でも、こっちはじいちゃんだ。ランニングシャツとステテコ姿で、片手には焼酎《しょうちゅう》のびんを持っている。髪《かみ》はごわごわ。前歯は一本しかない。こちらへむかってくる大人より、はるかにこわかった。

ぼくは、いつのまにか一歩、うしろにさがっていた。マロなんて、おそろしさのあまりドアの前でかたまっている。今にも、じいちゃんの頭をノックしそうだった。

「ドアたたいたの、こっちのぼんか、そっちのぼんか。どっちや」

こっちのマロです。こいつが、ドアをこわしそうなぐらいにたたきました。きっとべんしょうさせます……そういいたかったけど、うらぎりになってしまうから、ぼくは一歩前に出た。正確には、半歩だけ出た。

「あ、あの。ぼくたち、かけると同じ学校の生徒なんですけど」

「ほんなら北中か。北中のぼんが、なんの用や。うちのかけるが、また悪いことしたんか」

「そうやなくて、きょう遊びにくる約束しとったから。四時に家で待ちあわせやったんですけど、おらんみたいで。もう四時半なんやけど……」

四時半いうたら、三十分もすぎとるやないか。じいちゃんはそういうと、とつぜんかけるの名前を大声でよんだ。家にはいないみたいで、道路にむかってさけんでいる。そこまでしなくても、もう少し待ってみますからっていったのに、ちっとも聞いてくれなかった。

気がつくとぼくたちのうしろで、二人組の大人がにやにやと笑っていた。

「じいちゃん、あんま中学生にからんだらあかんで」

「おまえらも、ついとらんかったの」

二人はビールを飲みながら、そのまま通りすぎていった。するとじいちゃんはまっ赤になって、「じゃかましいこの酔《よ》っぱらい！　仕事せえ！」ってどなり、そばに落ちていた空き缶を投げつけた。逃げていく二人が、今ではまともな大人に思えた。このじいちゃんよりはマシ。だけど、あの二人が助けにもどってくるはずもなく、ぼくたちは「中で待っていろ」というじいちゃんの命令にしたがって、おそるおそる家にあがることになった。

中はうす暗く、なぜかオシッコのにおいがした。奥《おく》の部屋にはペタンコのふとんがしいてあって、そのまわりはからっぽになった酒のびんがなん本も置いてある。小さなテーブルがひとつと、テレビがひとつ。台所には、一匹《ぴき》の太ったハエが飛んでいた。

じいちゃんは、ふとんの上にあぐらをかいてすわった。ぼくたちは、どうしてだかその前に正座《せいざ》していた。これは命令されたわけじゃないけど、ちゃんとしないと、どつかれそうな気がしたから。

じいちゃんは、ぼくたちの目の前で、カップに注《つ》いだお酒をぐいっと飲む。飲みながら、じろり、とこっちをにらんだ。目を合わせたくないから、ぼくは壁《かべ》にあいた穴《あな》だとか、破《やぶ》れたふすまなんかをながめた。

ぼろぼろの家。学校で使っているぞうきんのことを、ふと思い出してしまう。ときどきカメムシの巣になってしまう、穴だらけのぞうきんのこと。

「ぼん。おまえら、人の首、切ったことあるか」

じいちゃんがとつぜん、そんなことをいいだした。びっくりしてしまい、ついにぼくも顔を見つめてしまった。

目を見て気がついた。この人は、目がこわいんだ。黒目のところが白くにごっていて、半熟《はんじゅく》卵《たまご》の白身みたいになっている。なにを見つめているのか、よくわからなかった。

「く、首ですか」

「戦争映画であるやろ。日本刀で首をすぱんって切るのが」

「ありますっけ、そんなの」

ちょっと聞いただけなのに、もっと勉強しろってどなられたマロ。思わず、カメみたいに首をひっこめる。

「せやけどな、ぼん。あんなんウソやで。よっぽどうまい人やないと、いっぱつで切れへん。わしはよお知ってんねん」

「戦争いったんですか」

こんどはぼくが聞いた。声がふるえていたかもしれない。戦争の「せ」の字がうまく発音できなくて、「へ」になってしまった。

「へんそう？　なにいうてんねん。わしがいってるんは戦争のことやど」

じいちゃんが、コップを持った手でぼくをさす。中にはいっていたお酒がこぼれても、おかまいなしだ。またひとつ、ふとんにシミができるだろう。

「日本刀ですぱーってやっても、首の骨でガツッて止まるんや。そっからは、のこぎりひくみたいに、ぎこぎこやらんと切れへん。そりゃな、将校《しょうこう》さんたちは……」

「ガク、このじいちゃん、ちょっとやばいんちゃうんのん」

話に夢中で、どうせぼくたちのいうことなんか聞いていない。でもマロは、ねんのためにひそひそ声でしゃべっていた。

「逃げたほうがええんとちゃうか」

「あかん。おれ、コンバースはいてきてもうた。ひも結んでるうちに、つかまるかもしれん」

「おい、ぼん！」

「はい！」

やばい。殺される。首をかられる。

そう思ったとき、玄関《げんかん》のドアがいきなりあいた。風がはいってきて、ようやく部屋の中が暑かったことに気づいた。風には、ほうれん草みたいな、草のにおいがついていた。

だれかが、顔だけをひょいとのぞかせる。長い髪《かみ》が、色白の顔にかかっていた。大きな目。つんとした鼻。顔の右側にある昔の傷《きず》。

まちがいなく、かけるの顔だった。

「なんやおまえら」

かけるはそういうと、めんどくさそうに部屋にはいってきた。でも自分の家なんだから、めんどくさそうな顔をすることないじゃないか。だいたい、おまえが遅刻《ちこく》してくるから悪い。

「そんでじいちゃんは、また酒飲みよって。こいつらにからんだらあかんやん」

「好きで飲んでる思たらあかん。しゃあないから飲んでるんやで」

「酒飲みはすぐそういう。おっちゃんも、前まで同じことというとった」

かけるはスーパーのビニール袋《ぶくろ》をテーブルの上にほうり投げると、ぼくたちに外へ出るようにいった。助かったと思って立ちあがったら、じいちゃんはにごった目でこっちをにらんだ。

「おい。ぼんらも、かけるの、ぎぶそん仲間か」

「ぎぶ……？」

もうええから。かけるはじいちゃんを相手にしないで、ぼくたちだけを家の外に引っぱりだした。ところが、外に出るなり、かけるにまでにらまれる。どうも、かってに家の中にはいっていたのが気にくわないみたいだった。だけどそれなら、こっちこそ被害者《ひがいしゃ》だ。むりやりいれられたんだから。

いいかえしてやろうと思って口をひらいたけど、止まった。

かけるっていうのは、ちょっとおかしなやつだったから、ここで文句をいうと、なにをしでかすかわかったもんじゃない。こいつは、一年のときからそうだった。放課後になってもいないのに、かってに家に帰ってしまったり、友だちが話しかけてもムシしたりする。

理由のよくわからないことで、キレることもあった。テスト中に消しゴムを使ったら用紙が汚れてしまったってことだけで、イスをロッカーに投げつけたこともある（消しゴムの中に、だれかがシャーペンの芯《しん》をさしていたらしい）。そうかと思えば、体育館シューズだとか学内シューズ、体操服《たいそうふく》や布製《ぬのせい》のふでばこをぜんぶ裏がえしにするっていうイタズラをされても、楽しそうに笑っていた。

弁当のおかずがぜんぶおでんだったとき、クラスメイトに「おでん弁当」って笑われてキレた。なのに、国語の教科書にパラパラまんがを書かれたときはよろこんでいた。

どうしてそっちに怒って、こっちは怒らないのか。クラスメイトにも、さっぱりわからなかった。おかげで、だんだんと友だちが少なくなってしまったみたいだ。ぼくは、最初からそんなに仲がいいほうじゃなかったけど、みんながかけるからはなれていったのは知っていた。

じゃあどうしてぼくは、そんなやつのところへ会いにきたのか?

それには理由があった。なにも友だちになりたくて、こいつに会いにきたんじゃない。かけるはギターの名人らしいぞって、マロニーに教えてもらったからだ。うちの中学ではいちばんらしいって。いっておくけど、マロニーだってギターはすごくうまい。三年の中だけじゃなく北中でもいちばんだと、ぼくはずっと思っていたぐらいだ。

そのマロニーがいうんだから、かけるってのは、よっぽどうまいはずだった。

そう。ぼくは、最高のギタリストをさがしていた。それも、ピッキング・ハーモニクスを、百発百中で決められるやつ。それができないなら、かけるなんかと、ムリして友だちにならなくたっていい。小学一年生じゃあるまいし、ぼくは友だち百人なんかめざしていない。

「とにかく、部屋にいれろ」

ぼくは文句のかわりに、そういった。「こっちのプレハブ、おまえの部屋やろ」

「ええけど、おまえらなにしにきてん」

また、むかっとする。それはきのう、電話で話したじゃないか。ギターを見せてもらう約束をしたはずだ。

めんどうだったけど、もう一度、きのうの電話で話したことを説明する。そうしたらかけるも、ますますめんどくさそうな顔をして、ああそのことか、って答えた。

「せやったら、最初からそういえばよかってん。家のほうにあがらんでもええやろ。おれのじいちゃんとしゃべって、なにが面白い」

「むりやりあげられたの」

マロも、ちょっと怒っているようだった。「こっちかって、酔《よ》っぱらいと話して面白いことあるか」

「だれや、おまえ」

かけるにいわれて、マロはかあっと赤くなった。

まあ、たしかにマロはあまり目立たないほうだと思う。夏休みまで野球部にいたから、頭はのびかけの坊主《ぼうず》だし、背も小さい。学校のバザーで買った、泣き顔のコケシに似ていなくもなかった。クラスがちがえば、名前を知らない子もいるだろう。

それでもマロは、ぼくのバンドの大切なメンバーだ。ベースをやっている。マロニーの影響《えいきょう》で、部活をやめてから本格的に練習しはじめたんだけど、もともとかなり弾《ひ》けたらしい。

「こいつは一組の寺岡秀麻呂《てらおかひでまろ》。マロや。そんでいちおうやけど、おれはおまえと同じ、二組のガク。中園学《なかぞのがく》でガクや」

それぐらい知ってるって。かけるはそういいながら、プレハブのドアをあけた。熱くなった空気がもわーんと出てきて、夏の空へ逃げていった。

六畳《じょう》ぐらいの部屋。床《ゆか》には、音楽室みたいなカーペットがしいてあった。窓《まど》はひとつで、こわれたウインドウクーラーがついている。机はない。本棚《ほんだな》もない。ぼくの部屋とは大ちがいだ。ぼくの部屋は小さくたって、机も本棚もある。勉強はあまりしないけど、する準備だけは整っていた。

それでも、ひとつだけ同じものがある。

ギターだ。

ギターが、部屋の中でいちばんだいじにされているっていうのがすぐにわかった。だいじそうに壁《かべ》に立てかけられていて、はいった瞬間《しゅんかん》にぱっと目にはいってくる。

それは、ギブソンのギターだった。ギブソン社がつくった、〝フライングV〟っていうタイプ。矢印の山の部分をさかさまにしたようなギターで、戦闘機《せんとうき》かロケットみたいに見える。教科書の写真の上に、このギターを落書きしたこともあったっけ。坂本龍馬に持たせてみたら、文明開化の音がした。

「ふ、フライングV……」

マロがいった。「しかも、ほんまもんのギブソンや。ギブソンのフライングV」

「なんやねん二人して。それ見にきたんやろ」

かけるはベッドの上に腰《こし》をおろすと、ギターを取りあげてぼくに聞いた。

「弾《ひ》くか？」

「フライングVって、すわったままやと弾きにくそうやな」

「Vの割れたとこを、足にはさんだらええねん」

ああ、なるほどね。そんなことをいいながら、いつも定期入れの中にしまってあるピックをとっくに取りだしていた。ぼくが使っているのは、大きめの正三角形をしためずらしいやつだ。

「なんやおまえ、変わったピック使《つこ》うてんな。引っかかって、速弾《はやび》きできへんやろ」

そして、かけるにギターをわたされた。

さかさまのV。本当に弾きづらそうな形だ。しかも、かけるのギターに張《は》っている弦《げん》は、ぜんぶヘビーゲージだった。いちばん太い弦。音がいいし切れづらいぶん、ピックに引っかかりやすい。ぼくなんかは、速弾きでよく使う一〜三弦には、もっと細い弦を使っている。

（カッコつけんなよ）

ギブソンのギターをかかえたぼくは、心の中でそういった。

(ぜんぶヘビーゲージかって、ちゃんと弾《ひ》ける)

ピックを弦《げん》に当てた。いちばんとくいな曲を演奏《えんそう》してやって、かけるに先制パンチをあびせてやろうと思った。

でもやっぱり、一~三弦が太すぎた。ぼくの三角ピックだとなおさら引っかかって、曲のとちゅうでなんどもつっかえてしまう。

「ガク、どないした」

いつもよりずっとヘタなんで、マロが心配になったようだ。それでもかけるは、おまえ、けっこううまいなといってくれた。そのことが、ぼくにはかえってはずかしかった。

「やっぱ人のギターって弾きづらいやろ」かけるがいう。「そんだけやれたら、ええほうやで」

「おまえ、すごいうまいらしいやん」

ぼくはギブソンをかけるにかえした。どうしてだかほっとした。

「ピッキング・ハーモニクス、かんぺきにできるらしいな」

「ピッキング・ハーモニクス？　できっけど、そんなんたいしてすごい技《わざ》とちゃうやん。練習したら、だれかってできるようになる」

かけるのいうとおり、ピッキング・ハーモニクスっていうのは、あんまりハデな技じゃない。右手でフレットの上の弦を弾くライトハンド奏法《そうほう》だとか、弦をたたきつけるようなタッピング奏法のほうがカッコいいし、目立つ。

でも、ピッキング・ハーモニクスは、これよりも重要だし、難しい技だった。ピックで弾いた瞬間《しゅんかん》、フレットをおさえていた指を軽くあげて、一オクターブ高い音を出す。このとき確実にきめないと、ボチンと失敗した音が出てしまう。ライトハンドやタッピングみたいに、ごまかしがきかないのだ。大人の、シブイ技だった。

「かけるは、百発百中でできるんやろ」

ぼくの真剣《しんけん》な顔に、さすがのかけるも不思議がっていた。ただギターを見にきただけじゃないなって気づいたらしい。

そう、ぼくはかけるをバンドにいれようと思ってここにきた。どうしてもやりたい曲があるからだ。ふつうの曲だったら自分でギターぐらい弾《ひ》けるけど、これだけは自分よりもっと、もっともっとうまいやつじゃないといけない。ピッキング・ハーモニクスだって百発百中じゃないとダメだ。

それは、ガンズ・アンド・ローゼスってバンドのせいだった。去年アルバムを出したばかりのバンドで、マロニーにはじめてレコードを聞かせてもらったとき、ぼくは息が止まるかと思った。今までに聞いたことのない音。聞いたことのない声。聞いたことのないリズム。ぜんぶが新しくてカッコよかった。バンドを組んでいて、これをコピーしたくないやつなんているはずがない。すぐに、ぼくの新しい神様になった。

いくら口でいったって、本当の音には負けるだろう。そう思い、ぼくはカバンの中からカセットテープを取りだした。マロニーにダビングしてもらったテープで、最近はずっとこればかり聞いている。聞いても聞いても、まだ聞きたりないガンズの曲。こっちは、ぼくの聖書だ。

「ガンズ・アンド・ローゼスって聞いたか」

「ガンズ・アンド・ローゼス？　知らんなあ。おれ、新しいバンドあんまくわしくないし、きょうみもないから」

かけるは、ぼくのカセットテープをつまらなさそうにながめていた。

「なんや。そのガンズ・アンド・ローゼスってのコピーしたいんか。それでおれにギター弾けってか」

そんな簡単《かんたん》な話じゃないんだよ。心の中で答えた。うちの学校で、これをかんぺきに弾けるやつなんて、かけるぐらいしか思いつかないんだってば——もちろん、おまえが本当にギターがうまいんだとしたらな。ギブソンのフライングV、弾きこなせるんだったらだけど。

「とにかくいっぺん聞いてみ」ぼくはいった。「そんで、おまえにも弾けるかどうか教えてや」

練習して弾けない曲なんかないだろ。かけるはそういいながら、カセットテープをデッキにいれた。ぼくの部屋にあるのからくらべると、だいぶん古いデッキだ。スピーカーばかり、やけにでかい。

新しいのなんて、ほんまきょうみないんやけどなあって、かけるはもう一度くりかえしてから再生ボタンをおした。テープがきゅるきゅるとまわる音がする。少しして、音楽がはじまった。

最初はつまらなさそうに聞いていたかけるが、だんだんスピーカーの近くによってくる。しかめっつらをしているくせに、いつのまにか指の先でリズムをとっていた。

どうだすごいだろ。ぼくは鼻が高かった。ギターの演奏《えんそう》は失敗したけど、ぼくはこのバンドを先に知っていたんだから、ちょっとえらい。これがガンズ・アンド・ローゼスだぞ。身体《からだ》がかってに動くだろ？　これを演奏できたら、どれだけカッコいいかって思わない？

「どや、ガンズ・アンド・ローゼス」

かけるはしばらく答えなかった。ぼくもはじめて聞いたときはそうだったな。こんなカッコのいいものが、地球にあるなんて信じられなかった。

「ええやろ？」

「……うん。まあ、ええな」

やったぜ。本当は、手をあげてよろこびたかった。自分のつくった曲じゃないけど、うれしいものはうれしい。

「ギターもええな。なんていうねん、ここのギタリスト」

「スラッシュ」

ぼくが答えると、かけるはまったく同じように「スラッシュ」といった。神様の名前を読むみたいに、だいじに発音した。ス、ラ、ッシュ、って。

今がチャンスだと考えたぼくは、そこでついに、うちのバンドにはいってこれ弾《ひ》いてくれないかって本当のことを話した。だからおまえの家にきたんだ、って。

「バンド？　おまえらバンドやってんのか」

「夏休みにできたばっかりや」

マロがいう。「でも、おれらうまいで。ドラムもおる。いつかプロにかってなれるかも」

「プロ？」

かけるは、涙《なみだ》みたいな形のピックを床《ゆか》の上に捨てた。「あほくさ。おれらがプロになんてなれるわけあらへん。ロックやってメシ食えるか」

部屋の中がシーンとしてしまう。

かけるのギブソン・フライングVまで、口をつむんでしまったように見えた。

帰るとき、かけるがあまりにたのむからカセットテープを貸してやった。本当はガンズ・アンド・ローゼスと一日もはなれたくなかったんだけど、そのかわりにうちのバンドにはいってくれるかって聞いてみた。そうしたら、ぼくたちのバンドのレベルを知ってから決めるよだって。えらそうに。

それでもかけるは、さやま団地前のバス停まで二人を送ってくれた。

「ところでおまえら、じいちゃんに戦争の話、されへんかったか」

バスを待つあいだ、かけるがいった。そうしながら、地面にめりこんでいた軍手《ぐんて》を、靴《くつ》の先で掘りかえしていた。それにしても軍手って、いつも片方だけで落ちている。冬の学校でだれかが落とした手ぶくろを見つけることがあるけど、こっちは両方そろっている。なのに軍手は、必ず片方だ。

「おれのじいちゃんな、酔《よ》っぱらったらだれにでも戦争の話すんねん。自分は戦争にいったことなかったやん」

「へえ、そうなん」

「肺が悪うて、兵隊にとってもらえへんかった」

「でも戦争いかんですんで、よかったやん」

「せやのに、いろんな戦争の話しよる。潜水艦《せんすいかん》の話とか、首切る話とか、木の皮を食った話とかな。ぜんぶウソやねん。ウソばっかつくから、友だちもおらんようになった」

「かけるのじいちゃん、戦争いきたかったんか」

「知らん。とにかく、学校でじいちゃんのこと話すなや。話したら、おまえのことしばく」

「あっそ。じゃあ、しばきかえす」

ぼくは、いってやった。なめんな。

でもどうしてだか、かけるは笑っていた。笑いながら、「こんど、おまえのギターも見せて」だって。

「……おれのギター？　ほんなら土曜日にきたら。かけるもまぜてバンド合宿でもしよっか」

「合宿？」

「せや。それと先にいうとくけど、リーダーはおれやで。理由は、おれがこのバンドをつくったから」

「えらそうやなあ」

かけるはそういって、道路のむこうからやってきた、バスのライトをまぶしそうにながめた。長いまつげがきらきら光っている。右のほっぺたにある長い傷《きず》が、影《かげ》になってふくらんだように見えた。

そして、このあいだもずっとマロは、かけるのことをにらんでいた。

2

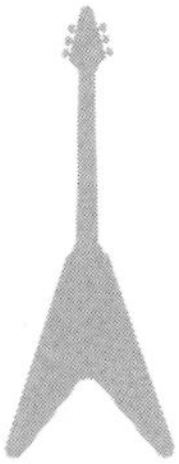

軽くむかついていた。
友だちのサトミのこと。四時間目の終わりになって急に、「ごめん。わたしきょうのお昼、放送室にいかないといけないんだ」なんていいだした。そりゃ、放送委員だからしかたがないのはわかっている。でもそうしたら、わたしはお弁当を一人で食べることになる。クラスでいっしょにお昼を食べる友だちはサトミだけなんだから、そういうのはもっと早くにいっておいてくれないとこまるよ。
でもなあ、そんなことで怒ったりできないしなあ。だけど、なんだかむかつくな。
中学生になってから、わたしはいつもこんなことを考えているような気がした。

「……なんか、あのかけるってやつ、いけすかんな。ギターかって、ほんまにうまいのかよおわからんかったし」

中庭でのお弁当をつきあってくれたマロは、箸《はし》の先をねぶりながらいった。きれいなお弁当。マロのお母さんはきっと、ていねいな人だと思った。緑と赤と黄色がそろっている。

「そういうたらリリイは、かけるとしゃべったことあるか?」

わたしの本当の名前は、梨里《りり》。リリイってのばしてよぶのは、バンドのメンバーだけだった。もちろん自分も同じメンバー。ガクのバンドでドラムを打っている。あいつにさそわれて、その日のうちにメンバーになった。陸上部を退部したばかりだったし。

「しゃべったことはないけど」

「ガクが、土曜にさっそく合宿やろうってさ。そのときしゃべったらわかるわ。ほんま、いけすかんやつや」

マロの顔に、光のしまができていた。中庭にある噴水《ふんすい》の水が、太陽を反射《はんしゃ》しているせいだ。もっとも、うちの学校の噴水は、こわれているのか電気代がもったいないのか、動いているのを見たことがない。

「合宿っていうたって、あんたらまた、ファミコンとかして遊んだりするだけやろ」

「あー、まあファミコンはするけど。ガク、友だちからファミコンのディスクシステム、買《こ》うたばっかやしさ」

やっぱりな。「でも、いちおう楽器は持ってくで。そんとき、かけるがほんまにギターうまいんか、じっくり観察したる」

かけるの話をしたとたんに、本人がわたしたちの前を走っていった。遅《おく》れてガクが走っていく。なんだろうと思って、目を細くして見てみた。メガネは教室に置いたままだ。

あのばかたちはなにをやってるんだろう？　かけるは自分の靴下《くつした》をぬいで、だれかにぶつけている。またキレたらしい。それをガクが、ひっしになって止めていた。

「……あの子って、ちょっと問題児なんやろ。一年のときから」

「せや。ガクでさえこまっとる。ま、ガンズ・アンド・ローゼスだけは、やっぱり好きになったみたいやけどな」

またガンズ・アンド・ローゼスかあ。最近のガクは、そればっかりだ。どうしてもコピーしたいからって、新しいギタリストをバンドにいれることも、かってに決めてしまった。

「とにかく、土曜の午後はあけといたほうがええで、ガクの命令やから。ドラムスティックも持ってきとき」

「なあ、マロ。あんたさあ、どうやってガクと友だちになったん」

「はあ？　どうやってってなんで？」

「だってあんたとガクって、バンドやってへんかったら、あんま合わへん感じする」

「なんでやねん。おれらバンドはじまる前から、よおしゃべっとったで。クラスちごうたけど、おかざき商店で毎日会《お》うてたから」

おかざき商店っていうのは、男子たちがよくいく、学校の裏の駄菓子屋《だがしや》だった。カップラーメンやパンも売っていて、朝や放課後になると、いつも男子たちでいっぱいだ。ときどき女子も、アイスクリームを買いにいく。

「二年の中やったら、おれとガクがいちばん、おかざき商店にいってたんちゃうかなあ。おばちゃんとも仲よくなったし」

「おばちゃんって、あの、頭がむらさき色の人？」

わたしは、店の中を思い出しながらいった。「おばちゃんいうか、おばあちゃんやんか」

「せやな。でもみんなおばちゃんいうてるから、おばちゃんや。おばあちゃんなんていうたら殺される」

　そしてマロは、おかざき商店でのいろんな決まりについて、とくいげに話しだした。たとえば、片づけるのがしんどいから、カップラーメンの汁はぜんぶ飲まないといけないこととか。カップの焼きそばにカレー粉をかけたい人は、十円払うこととか。メチョにはぜったいにさわっちゃいけない、とか。

「メチョってなんなんよ」

「おばちゃんの飼《こ》うてた犬。マルチーズやねんけど、今は死んではくせいになっとる」

「はくせい？　そんなん店に置いてあんの」

「最初見たとき、ちょっとひいたわ。自分のペット、はくせいにしたらかわいそうやん。でもガクは、好きやったからはくせいにしたんやろっていうとった」

「ほら、やっぱり。マロとガクって合わへんやろ」

わたしがいうと、そんなんどっちでもええやんってマロが口をとがらせた。

マロは、ガクのことが大好きなんだよねえ。

一年のとき、背の低かったマロはクラスの不良に目をつけられた。いじめってほどじゃなかったけど、しょっちゅうからかわれていた。カゼをひいてのどが痛いから浅田飴《あさだあめ》を学校に持ってくると、あっというまにみんなに食べられてしまったり。足を折ったとき、松葉杖《まつばづえ》をとなりの校舎の屋上に捨てられてしまったり。そういうのが、ガクと仲よくなってから、ぴたっと止まってしまった。ガクは不良ともまあまあうまくやっているから、いっしょにいたマロも助かったんだと思う。だからマロは、ガクのことが好きなんだ。ガクの文句をいうと、すぐに怒る。

で、わたしはわざとマロを怒らせることがある。マロがあまりにもわかりやすくて、つい、いじわるをしたくなるせいもあるけど、いちばんの理由はガクだった。マロは怒るとぜったいにガクの味方をして、あいつがどれぐらいいいやつかって、いっしょうけんめいに話すからだ。

それで、わたしの知らないガクのことが、いろいろわかる。いいところとか、悪いところとか。

ここだけの話（ばらしたら絶交）、わたしはもしかして、ガクのことが好きなのかもしれなかった。まだ、はっきりとわからない。小学校からいっしょだと、好きなのかどうかってわかりづらいもの。ただ、バンドを組んでいっしょに遊ぶようになってから気になるようになってきたのはたしかだった。

テレビで観《み》るタレントとかで、そういうのない？　気にはなっていても、好きかどうかはまだわかんない感じ。なにかのきっかけで「やっぱり好きだ」って決めてしまえば、あとはとことん好きになるんだけど、今はまだその手前。

「まったく、たまらんなー」

噴水《ふんすい》にガクがもどってきた。さっきまでいっしょにいたかけるはいなかった。

「かける、またキレた。おれまでべちょべちょや。自分が死刑《しけい》になったくせに、ボール当てられて怒りだしよった。流しの前でとっくみあいしたから、みんなぬれてもうてさあ」

ボールを使ってやる、『四刑《しけい》』って遊びのことだろう。男子が昼休みによくやっているやつで、四回球を当てられたら〝四刑《しけい》〟、つまり死刑《しけい》になるらしい。そうなると、十字架にかけられたみたいなかっこうで壁《かべ》にはりついて、ほかの子からボールをぶつけられる。あれのどこが楽しいのか、わたしにはちっともわからなかった。

となりにすわったガクは、ぬれた靴下《くつした》をぬいで、素足《すあし》に学校指定のシューズをはく。先があずき色のシューズ。わたしたちの学年の色だ。一年は緑で三年は青なのに、どうしてわたしたちだけ、あずき色にしようなんて思いついたんだろう。そんなの、三年間も続くいやがらせだ。だけどガクはあまり気にしてないらしい。ほうり投げてブーメランにしたり、頭をなぐる武器にしてるようだから、あれであんがい、気にいっているのかもしれない。

いやだな。またガクのことを考えている。

でも、ほんと、どうなんですか。あずき色のシューズなんか好きですか。

「ほんでかけるは?」マロが聞く。

「保健室。あいつ学生服びちょびちょやから、六時間目までジャージやで。うけるな。カッコ悪いいうて、また帰ってまうかもよ」

「あんなやつと、ほんまにバンドなんてできっかなあ」

「なんとかなるって。それに、ギターはうまいんやから。マロニーもいうてたやろ」

「マロニーっていうな」マロは、あいかわらずきちんと注意する。「せやけど、ほんまに弾《ひ》いてるとこ見たことないやん。だいたい、さやま団地のやつやで。話が合わん」

「さやま団地はかんけいない」

ガクが、少しこわい顔をしていった。「それにギターは、合宿で見れる」

マロはぷいと横をむいた。ちょっとやきもちをやいてるのかなって、そんなことを思った。

ガクが、かけるのことばかり気にしてるから。

「そうやリリイ、合宿のこと聞いた？　土曜日、おれん家《ち》でやろ思うて」

「聞いたよ。ドラムスティック持ってく。でもほんま、あの子だいじょうぶなん？　カッコええ子やけど、かなり変わってるって聞いたで」

「げー、やっぱ女子に人気あるな、かけるは。リリイも、カッコええなって思うんや」

「今、バンドの話や」

「まあ、たしかにちょっと変わってるかもしれんけど、つきあってみたら、そこまで変でもないで。それに変わってるっていうたら、おまえよりかマシやし」

「あたし？　あたしのどこが変わってんのん」

「女やのに、しょっちゅうおれらとおるから。そういうのって女子同士できらわれたりするんちゃうん？　サトミがいうとった」

ガクが笑いながら、ぬれた手をわたしのスカートでふいた。いっぱつどついてから、それって変かなあって聞く。

「男子とおるの、変？」

「おれはなんとも思わんけどさ。同じバンドやもんな」

そうだ。同じバンドがいっしょにいてなにが悪い。

「それにリリイって、あんま女って気いせえへんし」

「なんでやねん。女やろ」

ふざけて両足をぽーんと投げだしてみせたけど、本当はおかしな気持ちだった。女って気がしないっていわれると、うれしいような、悲しいような気がした。それは友だちだってことかもしれないし、女としてはきょうみなしってことかもしれない。

それとも、わたしなんてどっちでもいいってことかな。

急に自分が、あずき色シューズになってしまったような気分になった。だけど、人をそんな気にさせたガクは、もうとなりにいなかった。ジャージ姿で保健室から出てきたかけるを見つけ、走っていくさいちゅうだ。

飛びついて、おんぶしてもらっている。

ばか。ガクは、ばかだ。


それでも土曜日の午後、ガクの肩をぎゅっとつかんでいた。合宿でガクの家に集まるため、自転車を二人乗りして走らせていたときだ。かけるは、マロのうしろに乗っていた。

ところで二人乗りのことを「二ケツ」なんていうけど、男子たちの自転車は荷台《にだい》がついていないから、お尻《しり》を乗せるところがない。後輪につけたステップに立っていないといけなくて、風が抜《ぬ》けるとスカートが不安になる。

「ガクー」

風を切る音に負けないよう、大きな声でいった。マロのベースを背負《せお》ってあげているから、顔を前に近づけにくい。

「あんたらの自転車って、なんでこんなんなんよ。ふらふらして危《あぶ》ないやん」

男子たちはみんな、自転車をおかしな形にして乗っていた。荷台《にだい》をはずすだけじゃなく、ハンドルをものすごく立ちあげている。まるで水牛の角を持って運転しているみたいだった。ブレーキなんて、人さし指一本だけでかける。イスはやたらに低くしてあって、これもまた乗りづらそうだった。

「こんなん、乗りにくくてたいへんやん」

「うん、乗りづらいな。でもみんなやってるから。ほれ、これかって」

ガクはふりかえると、片手運転でハンドルのところを指さした。「グリップも変えてあんねん。おれのはただの透明で、マロは赤い透明の使ってる。イボイボがついとって滑《すべ》りづらいで」

「最初からハンドルあげへんかったらええのに。ブレーキかって、ちゃんとかけられへんやろ」

「せやから改造するやつおるねん。ブレーキのとこに注射器みたいなのついてる自転車あるやろ。あれ、中にオイルはいってな、それでブレーキかけるねんで」

「なにがすごいんか、あたしにはぜんぜんわからん」

「だって、バイクといっしょやん」

「ガク、バイク乗りたいん？」

「あんまきょうみないよ」

じゃあなにがすごいの。いくら聞いてもわかりそうになかったから、わたしは別の話をした。風がまた、わたしのスカートのあいだを抜けていった。

ガクの部屋につくと、男子全員がそろって「あぢー」ってわめいた。つけたばかりのクーラーの前に立って、カッターシャツの中に冷たい風をいれている。わたしが同じことをするわけにもいかないから、一人、カーペットの上におとなしくすわった。

はじめてきたときみたいに、部屋をぐるんと見まわす。壁《かべ》じゅう、あまり知らないバンドのポスターでいっぱいだ。最近夢中になっているガンズ・アンド・ローゼスのは、ギター雑誌についていたふろくのポスターで、四つに折られていたあとがまだ残っていた。

ロック宮殿《きゅうでん》やで。ガクが、自分の部屋をそうよんだことがある。たしかに壁《かべ》も天井《てんじょう》もハードロックバンドのポスターだらけだし、レコードもそんなのばかり（なん枚かはアイドルのもはいっているけどね。中山美穂とか小泉今日子とか）なんだけど、宮殿っていえるほどごうかな場所じゃなかった。だいいち、せまい。

ロック宮殿やなくて、ロック四畳半《よじょうはん》やなあ――マロがいうと、ガクは大笑いしてカーペットの上を転げまわっていたっけ。あれはまだ、たったひと月前の話。でも、ずいぶん昔の気がする。夏休みで、あまり会えなかったせいかもしれない。

「どうやかける。おれのロック四畳半」

またいってる。

「まああええな、この部屋」かけるも部屋を見まわした。「でもギターは？」

「あっ、応接間に置いたまんまやった。朝、テレビ観《み》ながら弾《ひ》いとったから」

ガクはそういうと、いそいで自分のギターを取りにおりた。

そのあいだにかけるは、部屋のポスターをいちいち指さして、あれはエアロなんとか、あっちがジミーなんとかと、わたしのよく知らない名前をいった。マロがつまらなさそうにしていたのは、かけるがきらいだからなのか、いちいちバンドの名前をいわなくても知ってるよってことなのか、よくわからなかった。

わたしも、つまらなさそうな顔をしていたと思う。だって、ハードロックなんてあまり知らない。好きでもない。ドラムをやっていたのは父さんの影響《えいきょう》で、とても古いのが家にあるから、遊びでたたいているうちに覚えてしまっただけだ。父さんはもうドラムなんて打たない。

うちには、防音の部屋が地下にある。そこにはドラムだけじゃなく、大きなピアノもあった。バイオリンまで。ドラムはさっきもいったとおり父さんので、ピアノはわたしとお姉ちゃんの、バイオリンはお母さんのだ。

だけど今、その部屋を使っているのはわたしだけ。お父さんとお母さんは、仕事がいそがしくなって楽器にふれなくなった。高校生になったお姉ちゃんは勉強がたいへんみたいで、音楽のテスト前日でもないとピアノにはふれない。わたしだけがまだ、その部屋でドラムをたたいていた。

「どらー、これがおれのギターや」

ガクが、大きな魚を釣《つ》りあげたみたいに、ギターを手にして部屋に飛びこんできた。わたしはもうなんどか見ているからおどろきもしなかったけど、かけるは、「ほほお」っていって、さっそく近づいていった。

ガクのはたしか、フェンダーって会社のギターだ。フェンダーのストラトキャスター。じまんにしているのは、鏡みたいなピックガードをつけていることらしい。そのときもガクの鏡みたいなギターには、かけるの顔と、ガンズ・アンド・ローゼスのポスターが映《うつ》りこんでいた。

「フェンダーのストラトか。ミラーは自分で取りつけたん?」

「せやで。マロのあにきに取りつけかた教えてもろてな」

「なんや、マロにあにきおるん」

かけるは、ガクのギターをさわりながらいった。「マロのあにきって、なにマロ?」

「は？」

「アニマロやん。あにきやから」

ガクがふざけていったのに、マロは、ぶすっとしたままだった。

しばらくしゃべってから、いよいよみんな、自分の楽器を取りだす。二本のギターと、一本のベース。ドラムを持ってくることはできないから、わたしはドラムスティックだけだった。簡単《かんたん》な練習のときには、ガクの部屋にあるざぶとんとか少年ジャンプを使ってドラムがわりにしている。ざぶとんのほうがバスドラムで、少年ジャンプはスネアドラムだ。

かけるをのぞいての三人は、それまで練習した曲があったから、一度だけ演奏《えんそう》した。ただ、ギターをアンプをつないでしまうと、ざぶとん&ジャンプのドラムが聞こえなくなってしまう。それでみんな、電源をいれないままで演奏した。ギターは、しゃかしゃかって音がして、ベースはべしんべしんっていう音しかしなかった。でもやっぱり、いっしょにやるのは気持ちいい。

かけるはガクに楽譜《がくふ》を見せてもらいながら、ちょっとずつ参加した。うわさどおりギターはだんとつにうまくて、あっというまにガクより弾《ひ》けるようになった。

この調子だと、うちのバンドのリードギターはかけるになってしまうかも。歌はいつもどおりガクが唄《うた》うから問題ないんだろうけど、ギターを弾《ひ》く部分が少なくなっちゃって、いやじゃないのかな――そう思ってちらっとガクを見てみると、むこうもこっちをじっと見ていた。

どきっとする。

「なんやの」

演奏《えんそう》が止まったんで、わたしはいった。「こっち見んときよ」

「なんか、こわい顔してドラムたたいてっから、どないしたんかなあって思って」

「集中してたんやろ、あほ」

わたしはスティックを指でくるくるとまわす。これができなきゃ、バンドのドラムスとはいえない。カッコつけるだけじゃなくて、はずかしさだってごまかせる。

「ハイハットないから、感じ出えへんわ。ガク、またカンペンケース貸して」

「もうムリやって。リリイのせいでおれ、むっちゃたいへんやってんぞ」

ハイハットっていうのは、ドラムセットの左側にある、小さなシンバルを二つくっつけたようなものだ。細かいリズムはこれでとるんだけど、ほかのとちがって、鉄をたたくような音じゃないといけない。ロック四畳半《よじょうはん》にきたときは、たいていガクのカンペンケースを使っていた。こうすれば、ざぶとん&ジャンプ&カンペンの、ドラムセットができあがる。

ただ、ざぶとんやジャンプとちがって、カンペンはたたいているうちにまがったり、ふたがはずれてしまったりする。

「リリイがバンドにはいってから、おれのカンペン、二つもこわれてんで。そのたんびに、親に新しいの買《こ》うてもろてんねん」

「カンペンぐらい、なんぼでもええやんか」

わたしがいうとガクは、お笑いのツッコミみたく「金のこととちゃうがな」って、肩をぽんとどついてきた。こぶしが固くてちょっと痛かったけど、これがあいつの手だよなあ、なんて思った。

「カンペン買うてっていっつもいうからな、こないだ、学校でいじめにあってるんちゃうかって心配されてんぞ。あれ、きつかった」

「ガクがー。おばちゃんに？　おっちゃんに？」わたしは笑いながら聞いた。

「両方にやん。そんでまたこまったことに、いじめられてんのかってなんべんも聞かれてたら、自分でもよおわからんけど泣けてきてさあ。でも涙《なみだ》とか出たらほんまみたいやん。そんでがまんしてたら、ほんまのこといい、ほんまのこといいってしつこくて、ますます泣きそうになった」

あ、でも、そういうことあるね。楽しくて、ガクの肩をたたいてみる。たたいたら、ガクは笑った。もっとたたいたら、もっともっと笑う？　そう思って、さらにたたいてやった。

気がつくと二人だけで笑っていた。マロはあいかわらずつんとしてるし、かけるは自分だけギターを弾《ひ》き続けている。

「かける、どないした」とガク。

「あ？　別に」かけるは涼《すず》しい顔をしていう。「練習してるだけや」

「おまえ、どうやねん。うちのバンド、はいる気になったか？」

「もうちょい考える」

マロが、ちぇっと舌《した》を打った。やなやつ。そういっているように聞こえた。

帰りはガクの自転車を貸してもらい、かけるに送ってもらった。マロはきょう、ガクの家に泊《と》まっていくんだって。わたしは女子だから泊まれないし、かけるは家でやることがあるそうだ。

かけるが、いっしょうけんめいにペダルをこぐ。重くないかな。重いっていうなよ。そんな言葉を念じながら、じっとかけるにつかまっていた。でも、ゆるくしかつかまない。しっかりつかんだら、ガクをうらぎってるみたいだし。

変な話。まだ好きかどうかもわからないのに。

「ガクって、あんがい本気なんか」

かけるはガクより自転車に乗るのがうまいみたいで、こんなに乗りづらいやつでもすいすいハンドルを切っていた。ふらついたりしない。

「本気でバンドやりたいんかな。プロになりたいんかな」

「わからんけど、本気は本気みたい」

それはまちがいなかった。小学生のときから同じ学校に通っていて、ガクがあそこまで真剣《しんけん》になっているのを見たことがない。「せやから、あんたがバンドにはいってくれたら、あいつ、ほんまよろこぶと思うで」

「あほくさ。おれらがなんぼがんばったって、プロになんてなれへんのに。子どもやなあ」

「なんで子どもやのん」

「おまえらはええで。高校いって、もしかしたら大学とかもいくんやろ。遊びのバンド、なん年でもできっからええ」

ちょっとだけ自転車の速度が落ちた。「でもおれは、さやま団地の子やからな。高校かっていけるかどうかわからんし、大学はまずムリ。中学卒業したら、だれも相手にせえへん。高校いったやつらは、その高校同士で仲ようなるしな」

「あほくさいのは、あんたやん」

自分でびっくりした。問題児のかけるにそんなことというなんて。こいつは、女子だってなぐりかけたことがあるって聞いていた。

「いうとくけど、ガクはそんなん思ってへんで。ま、あんたのこと好きともちゃうやろうけど、ギターがうまいってことはきょうでわかったと思う。ますますバンドにいれたがってるわ。さやま団地がどうとか、高校がどうとかは、あいつに関係あらへん」

「そっかな。ほんならおまえは、おれのことどう思うねん」

「あたし？　あたしの気持ちなんて関係ないやん」

「おまえは、ガクのことしか考えてへんもんなあ」かけるは笑った。「そんでガクも、おまえのことばっか意識してる。ほんまにバンドやる気あんのかなあ」

かあっと赤くなった。自転車から転げ落ちそうなぐらいはずかしくなった。

「あほ、ぼけ、かす！　そんなんぜったいありえへん」

わたしはかけるの頭をうしろからバシバシたたいた。そうしたらかけるは、競馬《けいば》の馬がムチをもらったみたいに自転車の速度をあげた。夜が近づいてきて町はだいぶ静かになっていたから、えっさ、えっさとペダルをこぐかけ声だけが聞こえた。

スピードの出た自転車は、空気を切りさくナイフだ。夜を切りさいて、九月を切りさいて、わたしのつまらない悩《なや》みごとまで切りさいてくれる。最高。問題は自転車が止まったとたん、なにもかもが元どおりになってしまうことだ。自転車からおりたら、なにもかもが元どおりになってしまう。

そこはあいかわらず九月の夜だし、ぽつんと立っているのも、いつものわたし。

いつもどおり歩行者ボタンをおすのを忘れて、長いあいだ赤信号に待たされているわたし。

3

「中学二年にもなって、好ききらいしたらあかん」

むらさき色の頭をした、おかざき商店のおばちゃんがいった。カウンターのうしろにすわっていると、顔がマルチーズのはくせいと同じ高さになって、腹話術《ふくわじゅつ》をしているように見える。どっちかっていえば、おばちゃんのほうが人形で、おばちゃんを動かしているのがはくせいのメチョだ。

「だいたいな、ガク君がうまい棒《ぼう》のキャラメル味が食べたいっていうるさいから、こんなに仕入れたんやで。せやのに、あんた以外だーれも買わへんやんか」

「〃好ききらい〃って野菜とかのときに使うんちゃう？　うまい棒で使わへん」

ぼくはレジの前に、うまい棒《ぼう》のめんたい味を置いた。なんだかんだいって、これがいちばんおいしい。その次にうまいのはサラダ味という説と、ぜったいにサラミ味という説、いろいろある。

「それにおれ、キャラメルキャラメルってうるさくいうたことないよ。だれか別のやつや」

「聞いたかメチョ。この子、こんなこといいよるで」

おばちゃんはぼくの出した十円玉をなん枚か受けとると、メチョに話しかけながらレジにしまった。

小さなドーナツ型のイスにすわって、うまい棒をかじった。入り口はあけっぱなしだから、店の前の道路が見える。雨だ。台風が近づいているそうで、風も強かった。どうせくるなら、学校が休みになるくらい思いきり強いのがきてくれればよかったのにな。そうじゃないと、バスの中も教室の中もしけっぽくて気持ち悪い。ぬれた学生服は、太ももにはりつく。前髪《まえがみ》は変な方向にまがって、好感度がさがる。

そんなことを考えながら、うまい棒の二本目をあけた。タテにして太ももにぶち当て、袋《ふくろ》を割る。達人専用の技《わざ》だ。味つけノリの袋を両手でパンとやってあける方法に似ていて、カッコいいけど、ミスすると中身がコナゴナになる。

パン！

成功。やったぜと思っていたら、かけるが店にはいってきた。骨が一本折れたビニール傘《がさ》をさしていた。

「ガク、よーく考えたんやけどさ」

店にはいるなり、かけるは真剣《しんけん》な顔になった。だけどこいつはちょっと変わっているから、次になにをいいだすかよくわからない。

「……おれ、おまえのバンドはいってもええで」

「おっ！　ほんまか。そんで、おれがリーダーってのも、ええねんな」

「かまへん」

二度目のやったぜ。これでうちのバンドも、ガンズ・アンド・ローゼズができる。ぼくは、うれしさと、リーダー風をふかすつもりで、うまい棒を二本おごってやるといった。かけるは、サンキューって答えた。はじめてこいつが笑ったのを見たような気がした。

でもこんどは、ぼくの笑顔が消えた。なんとかけるが選んだのは、二本のキャラメル味だったから。

「かける君はえらいな、好ききらいがなくて」

おばちゃんは、キャラメル味が売れたので、きげんがよくなった。「男前やしなー。メチョもそう思うやんなー」

なにをいわれているのかよくわからないかけるは、きょとんとしていた。キャラメルキャラメルってうるさかったのは、こいつだったんじゃないの。


家に遊びにこいよ。かけるが自分からさそってくれたんで、二人して雨の中をてくてくと歩いた。ちなみにかけるの家へいくには、墓場《はかば》を抜《ぬ》けるとショートカットになる。去年のマラソン授業でも使ったショートカットだった。マロといっしょに走り抜けたらとんでもない記録が出そうになって、そのあと、わざとゆっくり走らないといけなくなったっけ。ジャージをずらしあって、パンツを半分見せたままゴールしたのに、学年六位になってしまった。あやうく、伝説の男になるところだった。

「じいちゃんはおるかな？」

母屋《おもや》のドアがあいていたんで、プレハブにはいる前に、ちょっと声をかけた。「おじゃましまーす！」

「うちは、いちいち家族にあいさつせんでええの」

そうなの？　聞きかえすより先に、こないだのじいちゃんの声がした。また酔《よ》っぱらってるみたいで、いきなり「満州亭《まんしゅうてい》のみそラーメン買ってこい！」なんてさけぶ。

「じいちゃん、みそラーメン買ってこいって。なんか知らんけど満州亭の」

「ほっとけほっとけ、寝言《ねごと》や。いってもおらん戦争の夢見てんのやろ」

「めっちゃ起きてるやん」

いつのまにかじいちゃんは、玄関《げんかん》のところに立っていた。歯はないけど脚《あし》はじょうぶみたいだ。しばらくぼくをにらんでいたかと思うと、急に「なんや、かけるのぎぶそん仲間か」といった。その顔は、笑っているようにも見えたし、悲しんでいるようにも見えた。目がにごっているから、表情がよくわからない。

「ぎぶそん仲間って……」

ええから、かまうなって。かけるはそういうと、ぼくをプレハブの部屋におしこんだ。まだ身体《からだ》も乾《かわ》かないうちから、ファミコンの準備なんてしている。ささっていたカセットは『アイスクライマー』で、けっこう古いけど、ぼくも好きなソフトだった。

スイッチをいれる。二人プレイをするから、ぼくもコントローラをにぎった。

「ぎぶそん仲間ってなによ」ぼくは聞いた。「なんか、悪い仲間みたいやな」

「じいちゃん、バンドとギブソンがごっちゃになってんねん。バンド仲間って意味が、ぎぶそん仲間になっとる。なんべんいうても直らんから、もう、そのままでええ」

「ちゃんと教えたれ」と、ぼくは笑った。「ところでマロたちも、時間あったらかけるん家《ち》くるかもっていうとったで」

「くるかなあ。リリイはともかく、マロはおれのこと、あんま好きとちゃうやろうし」

「そんなことないやろ」

でも本当は、そんなことある。わかっているからこまってしまった。このこまりかたは、「わたし太ってるから」と女子にいわれたときに似ている。そんなの気にすることないのにって答えたら、太ってるって認めたみたいになる。太ってないよって答えたら、なんだか太ってるのが悪いことみたいに聞こえる（悪いことじゃない。だいたいぼくだって、ふっくらした女の子が好きだ）。

「あー、でも、マロのおかん心配症《しんぱいしょう》やからな。台風近づいてるし、家に帰ってこいって命令が出てるかも」

ウソくさ。早く別の話をしよう。「せや。マロのおかんで思い出したけど、おまえんとこのは？」

「おれのおかん？　おれんとこのは家出てった」

簡単《かんたん》にいうんで、おどろいてしまった。聞いたらいけないことだったのか、それとも気にしていないことなのか、これじゃよくわからない。それでぼくはますますこまってしまって、けっきょく、しばらくはゲームに集中することにした。男は無口がいいのだ。関西人にはごうもんに近いけど。

すると、少ししてかけるが自分から話しだした。

「うちな、じいちゃんがあんなやろ。そんで、うちのおっちゃんも酒飲みやねん。今はちゃんと働いてっからええけど、前に仕事さがしとったときは、朝からむちゃくちゃ飲んでた。あの親子、たまらんな」

あの親子っていうのは、もちろんかけるのじいちゃんと、おじちゃんのことだ。「おかんが出ていくのも、しゃあないと思う」

「ふーん」

ちょっとだけ、自分がはずかしくなる。ぼくの家は、親がケンカばかりしていやだなんて思ってたけど、さすがに母さんが家を出ていったことはない。そう考えると、かけるってぼくよりずっと強いんだなって思った。家がどんなになっていたって、文句なんていわず、自分でなんとかやっているんだから。

「離婚《りこん》したん？」

「離婚やなくて、長い家出やな。あとなん年か帰ってこんかったら、おっちゃんがかってに離婚できるいうとったけど」

「そういうもんなんか」

わかったそぶりでいった。「なんつうか、おまえもいろいろたいへんやの」

「自分で自分の弁当つくるんがたいへんなだけや。そんなん、おかんがやってほしい」

弁当マシーンじゃあるまいし、おかんが聞いたら泣くぞ。そういうと、かけるもいっしょになって笑っていた。でもなぜだか、心の裏がわがピリリってしみた。口内炎《こうないえん》にショウユがくっついたときみたいな痛さだった。

かけるのおかん。今、どこに住んでいて、なにをしてるんだろう。だれの弁当をつくってるんだろう。

だれのために、どんなごはんつくってあげてるの。

「ほれガク、なにぼーっとしてんねん。おまえ置いて、先いくで」

仲間のはずなのに、かけるはぼくの頭をハンマーでボコボコとなぐってきた。もちろんゲームの話だ。だからって死ぬことはないけど、やっぱりあせる。なぐられたせいじゃなくて、かけるのおかんのことを想像していたのがばれなかったかなと思って。

「……ガク。さっきの話、気にせんでええで。おれ別にかくすつもりもないんやけど、いっつも話聞いたほうがだまってまうから、めったに教えへんだけや」

「おっちゃんは新しい彼女できへんのん」

「おれのおっちゃんはあかん。じいちゃんといっしょで酒飲みやもん。飲んだらあばれるし」

ぼくがまたぼーっとしていると、かけるは続きを話した。「酔《よ》っぱらってじいちゃんと口ゲンカすんねん。ほんでとつぜん壁《かべ》にパンチする。でもじいちゃんはそんなんされたって平気やから、またパンチする。おかげで家の中が穴《あな》だらけや。壁の穴、前に見たやろ」

かけるのおっちゃん、そんなことするのかあ。かけるって、ほんとたいへんなところで生きてるんだなあと、ますます感心してしまった。

そしてなぜか、自分の父さんに腹《はら》が立った。

ぼくの父さんはあばれたりしないけど、きのうこんなことをいったんだよな。最近、バンドの連中と遊んでばかりいるからだ。

「ガク。最近バンド仲間と遅《おそ》くまで遊んでるみたいだけど、中学生らしくつきあえよ」

中学生らしくつきあう？　なんじゃそりゃ。全員で〝四刑《しけい》〟でもして遊べってこと？　リリイのことだって、はっきりいえばいいのに。

女子と変なことするなよっていいたいんだろ。

でも、ぼくは口ごたえしないでだまっていた。女子と遊んでなにが悪いっていったら、ぜったいに、「女子が悪いなんていってないだろう」って答えるに決まってるもんな。父さんは、ときどきずるい。うまく逃げる。で、いつも父さんと仲の悪い母さんも、そのときはぼくの味方をしてくれなかった。ぼくの顔をじっと見て、「どうして泣いてるの？」って聞いただけだ。

自分でも、どうして泣いているのかわからなかった。

だいじな友だちが、なにか汚《きたな》いものみたいにいわれたからかもしれない。

そうじゃなかったら、ぼくが汚いものみたいにいわれたからかもしれない。

ほんと、変なうたがいをかけられるぐらいなら、かけるのおっちゃんみたいに、壁《かべ》に穴《あな》をあけられるほうがまだマシだ。理由のわからない涙《なみだ》なんて出ないもんな。

「おたがい、親ってのはたいへんやなあ。おまえ、自分の親といっしょにおるの、しんどくなるときないか」

中学卒業したら、二人で同じ会社に働いて、どこかでいっしょに住むか。そんな言葉が、のどもとまで出かかっていた。

「うん？　別にそこまでとはちゃうよ。それに、ええとこもあるで」

かけるがいった。「おっちゃん、いっつも酔《よ》っぱらってっから、このギブソン手にはいったんやしさ」

それは、かけるのおじちゃんの給料日だった。すごく酔ってきげんがよさそうだったから、かけるはギターを買ってくれってたのんだそうだ。おっちゃんは「おれにまかせろ。今すぐ買《こ》うたる」っていうと、まっ赤な顔で駅前の大島楽器にむかった。

「おれ、あのギブソン、ずーっと前からねらっとったんや。せやからまっすぐギブソンとこいってな、おっちゃんにいうたってん。『ギブソンやったら安い思うけど、ええかなあ』って。安いなんてウソやけど」

「うわ、ずるがしこいやっちゃのー」

「おっちゃん酔っぱらって値段もわからんようになっててさ、その場でポーンって買うてもうた」

「次の日、怒ってへんかった?」

「忘れてまうよ。お金がなくなったんは、どっかで飲みすぎたかなって思うだけや」

まあ、得したのってそれだけやけどって、かけるはそばにあったギブソンをなでる。指に当たって、弦《げん》がびろんと鳴った。おまえらゲームしてへんではよ弾《ひ》けやって、ギブソンがいっているみたいだった。

だから、ゲームをやめてギターを弾いた。ぼくたちは二人になると、どうしたってギターになってしまう。〝切っても切れない関係〟とかいうんだよな、こういうの。つまり、おかざき商店のおばちゃんとメチョの関係みたいなものだ。ちがうか。

マロからコピーしてもらったガンズ・アンド・ローゼスの楽譜《がくふ》をかけるにやって、いつごろ弾《ひ》けるようになるかって聞いてみた。するとかけるは、来週にはかんぺきになるって自信まんまんに答えた。

「でも一曲だけじゃつまらんから、もう一曲ぐらいやろうや」

「せやな。ほんならもう一曲ぐらい別の楽譜さがしてみるわ。それで全員演奏《えんそう》できるようになったら、いっぺんぐらいスタジオはいってやってみっかな」と、ぼく。

「えっ、スタジオ？　すごいな。スタジオはいるなんて、プロみたいやんか」

「ただの貸しスタジオやで。大島楽器の二階にあんねん。マロニーたちのバンドがよお使うてるらしい」

「そういえば三年でバンド組んでるって、マロの兄ちゃんたちなんか。こんど文化祭で演奏するとか聞いたで。今、先生と話しあいのさいちゅうやねんて」

「マロニーがそんなんしてるん？　そりゃええこと聞いた。おれらも、うまくいきそうやったらよせてもらお」

そんなことを話してるうちに、雨が小降りになってきた。今のうちに家に帰ろうかなあと考えていたとき、だれかが部屋のドアをコンコンってたたいた。

あけてみると、リリイだった。傘《かさ》はさしていたけど、雨ですっかりぬれている。緑色をしたビニール傘のせいで、顔まで緑色になって寒そうだった。

「リリイ遅《おそ》いで。おれ、もう帰ろ思うてたとこ」

「なんやそれ。せっかくきたのにー」

「雨が強くなる前にもどらんと、おぼれて死んでまう」

ぼくは、べちょべちょになった学生カバンを手に取った。雨にぬれると、このカバンって変なにおいがするんだよな。動物園みたいなにおいがする。カバンの中はもっとくさい。

ぼくは自分の手をにおいながら聞いた。

「リリイだけ、かけるんとこでもうちょっと遊んでくか？　それが目的できたんやろ。つーか、かけるが目的か」

「あほ。そんなんちゃうわ」

「リリイはガクといっしょに帰りや」

かけるはあけっぱなしのドアにむかっていった。「おれ、もうそろそろじいちゃんの夕飯つくったらなあかんし」

「ちぇっ。ほんならガクといっしょに帰るかな。なんかつまらんけど」

「こっちかってつまらん」

ぼくがふざけていうと、リリイがぼくをけっとばした。こいつはいつもバンドの男子たちといっしょにいるせいか、動きまでだんだん男みたくなっている。キックだってみょうにうまくなって、ぼくの尻《しり》にみごとヒットした（これって、なにか変なことの中にはいりますか、父さん）。

そういうわけで、ぼくはリリイといっしょに自分の自転車をおして帰った。きのう、かけるがリリイを送っていくのに使ったから、ひと晩だけお泊《と》まりしていた自転車だ。そいつをおしてせまい歩道を歩くときは、傘《かさ》がなんどもリリイに当たった。ときどき傘の骨で攻撃《こうげき》してやると、十倍ぐらいにしてやりかえされた。

「それにしてもかけるはえらいの。じいちゃんの世話して、夕飯までつくったるなんて思わんかった。おまえなんて、男といっしょで包丁も使えへんやろ」

「なにいうてんの。あたし、料理むっちゃうまいっちゅうねん」

「カッコつけんなって」

ぼくは笑った。「料理できんでも、ドラム打てるからリリイはえらい」

「怒った、ぜったいつくれんのに。それやったら、今からガクの家いってつくってみせたろか。あんたん家《ち》、きょうもおばちゃん仕事で遅《おそ》いんやろ」

「ええってば。ごはん用意してくれてるし」

ふと、父さんにゆうべいわれたことが頭に浮かんでいた。「ムリすんな」

「いーや、いくで。冷蔵庫にあるもんでなんかつくったんねん」

なにをムキになってんだろうこいつは。よけいなこといわなきゃよかったなあと思いながら、くるなっていうのも変なんで、そのままぼくの家にいった。

うちは共働きだから、夜までぼく一人しか家にいない。だからその時間までは、友だちもみんなリラックスできる。リリイもかってに洗面所のドライヤーを使い、髪《かみ》の毛を乾《かわ》かしはじめた。料理をする前に、髪の毛がきれいにそろってないと、どうしてもダメなんだと。たいくつなんで鏡にむかって変な顔をしたら、ドアをしめられた。

洗面所から出てきたリリイは、ほしたばかりの洗濯《せんたく》ものみたいなにおいがした。ぬあー、いいにおいがするってふざけて、またどつかれて、さっさと台所に案内しろって命令された。

冷蔵庫をあけたリリイは、さっそく中身をかきまわしはじめる。

「なんか、冷凍食品ばっかやな。この材料やったら、オムレツぐらいしかつくれへん」

「ほんならさあ、二人でカップラーメン食べて、ゲームでもしようや」

「いや、つくるで。ちりめんじゃこがはいってたから、それいれよ。あんたお腹減《なかへ》ってるんやったら、おばちゃんのごはん先に食べときよ」

「食べとく。半分、リリイに残しといたるからな」

ぼくはテレビのスイッチをいれてからテーブルについた。母さんが用意しておいてくれた野菜炒《いた》めと、きのうの残りのからあげといっしょに、ごはんを食べはじめた。

そのうち、卵が焼けるいいにおいがしてくる。

「せやリリイ。家に電話しとかんでええのん」

「たまにはええねん」

「あ、親とケンカしたな」

した、ってリリイは短く答えた。

「女って、どんなことで親とケンカするん」

「いろいろやん。帰りが遅《おそ》いってのが、最近はいちばん多いかな。きのうは洗濯ものをたたまんで置いたまんまにしといたからしかられてん」

そんなことを話しているうちに、オムレツができあがった。リリイがなにもいわずにケチャップをかけようとするので、いそいで止める。ぼくが苦手なものの中に、ケチャップとごはんをいっしょに食べるっていうのがあるからだ。オムレツだけ食べるならいいんだけど、いっしょだと、のどをとおらない。そういう組み合わせってあるよなあって思う。たとえば、ぼくと父さん。たとえば、かけるとマロ。別々ならいいのに、いっしょにいるときはこまってしまう。

ぼくは自分の分のオムレツだけに、ショウユをまわした。ちょっと焦《こ》げていたけど、ショウユの色がついたんで目立たなくなった。

さっそく食べてみると、ふつうにおいしかった。

「へー。まあ、おいしいな」

「せやろ」

するとリリイは、ジュースをコップに注《つ》いだ。うえ、こいつジュースといっしょにごはん食べるのかあと思っていたら、ぼくには麦茶が出てきた。

「あんた、ごはんのときジュース飲まれへんやろ」

「うん」

「食べかたがおかしいからやん。あんたとかけるの食べかた、いっしょやねん。バクバクって口にいっぱいほうりこんで、お茶で流しこむ。あたしは、ごはんとごはんのあいだに飲むから、ジュースでもええねん」

「おまえは、しょーもないとこばっか見てんやな」

「なあ。きょうはかけると二人でバンドの練習しとったん？」

「ギターちょこっと弾《ひ》いただけで、あとはゲームしとった。リリイ、くんの遅《おそ》い」

「だって、あたしになにもいうてへんかったやん。おかざきのおばちゃんに教えてもらったから、かけるの家によってんで」

「だからあのあと、かけるの家で遊んでいけばよかってん。あほやな。それともあれか、やっぱかけるは男前やから、二人っきりになったらてれくさい？」

「ほんま、いつかしばいたるからな」

「ま、バンド内恋愛もほどほどにな」

ぼくはわざとリリイを怒らせるようにいった。「で、きょう決めたことがいっこ。もう一曲コピーしたら、いっぺんスタジオで演奏《えんそう》してみよってことや」

どうしてだかリリイがだまっているから、しかたなく話し続けた。「それにしてもかけるはやっぱよゆうやな。前に配った曲、来週ぐらいには弾けるんやって。なんであんなに速く指が動くんかなあ。おれもけっこう練習してるけど、かけるほどは動かんなあ」

「ガクって」

箸《はし》を止めたリリイは、からあげをごはんの上に置いたままでいった。「なんか最近、ガンズ・アンド・ローゼスの話と、かけるの話しかせえへんことない？」

「ん？」

リリイの顔を見る。どうしてだか、きげんが悪そうにも見えた。「なんや？　だっておまえ、かけるの話好きやろ？」

「そんなんいうたことない」

「でもなあ、ほんならほかになに話すねん。リリイはなんか話したいことあるか」

「急に聞かれてもこまるけどさ」

リリイがまた、からあげを取った。「じゃあ、ギターの話しよ。あたしにちょこっと教えてよ」

「おまえまでギターすんの。ドラムの練習せえよ」

「ええやん、どうせきょうはスティック持ってきてへんねんから」

しかたないなあ。それでぼくは、ごはんが終わってからロック四畳半《よじょうはん》にいき、母さんが帰ってくるまでずっとリリイにギターを教えてやった。

ドラムは打てても、やっぱりリリイの指は細くて、手も小さい。コードをおさえるのもやっとだ。簡単《かんたん》にはできそうもないんで、ぼくはリリイの指を持って、あっちこっちへ動かしてやった。これがGのコードで、これがD、こっちがCマイナーなんて説明していると、人の指でツイスターをしているみたいな気分になった。ツイスターっていうのは、ルーレットをまわして、手をあっち足をこっちってやって、みんなでもつれあうゲーム。ひまなときマロとよくやるんだけど、最後はプロレスになっちゃうんで、だれが勝ったのかいつもわからない。

「リリイは力いれすぎや。見てみ。指の先、血が流れてへんやんか。白くなってるで」

「痛いよー」

こんなのまだマシだ。

そういおうとしたとき、一弦《げん》がぶちんと切れた。このときがけっこうこわい。顔を近づけて指を見ながら弾《ひ》いていたら、一度、切れた弦に顔をたたかれたことがある。小さなムチに打たれたみたいで、目のはしっこから血が出た。

「リリイ、だいじょうぶやった？　顔に当たらんかった？」

「なんか、耳の横に当たったかも」

「どれ、見してみ」

ぼくはリリイの長い髪《かみ》の毛をかきわけて、小さな耳を見つけた。とくにケガはしていないみたいだけど、少し赤くなっていた。かすったのかもしれない。

ねんのために裏がわも見てみようと耳を折りまげてみたら、リリイの耳がギョウザの皮みたいにぺこんと折れた。はっとした。吐《は》かなきゃいけないはずの息を、飲みこんでしまった。

リリイの耳はとても柔《やわ》らかいっていう、ただそれだけのことなのに。

ただそれだけのことが。

ぼくには。

なぜか。

はずかしかった。

4

いよいよ今週、スタジオやな。緊張《きんちょう》した顔でマロが話していたけど、わたしはほとんど聞いていなかった。さっきから四角い光が、身体《からだ》の上をいったりきたりしていたからだ。それも胸とか太ももとか、いやらしいところばかり。

なんだろうって思って校舎を見あげたら、教室の窓《まど》から、ガクとかけるがイタズラをしていた。制服の汚《よご》れを取るのに使うエチケットブラシで遊んでいる。ふたをあけると鏡がついているやつ。その鏡で太陽を反射《はんしゃ》していた。

イーって顔をしてやったら、二人はよろこんでいた。ほんとばかだな、あいつらは。

「ガンズ・アンド・ローゼスはベースも難しいから、もっと練習しとかんと。みんなどれくらいうまくできるんかな」

マロは、自分の坊主頭《ぼうず》に光がさしていることに気づいていなかった。頭をグリグリなでられているみたいで、つい笑いそうになる。

「リリイはあいつらの演奏《えんそう》、もう聞いた？」

「ガクのだけ。こないだ家にいったとき弾《ひ》いてもろてん。まあまあうまかったで」

「えっ？　リリイとかける、ガクの家にいってたん？　台風の日やったのに？」

自分だけそこにいなかったりすると、マロはすぐ不安になる。

「ううん、かけるはおらんかった。あたしは最初かけるの家にいってんけど、もうガクが帰るとこやったから。いっしょに帰って、そのまま少し遊んだ」

「なんやー。ほんなら、おれにかって声かけてくれたらよかったのに」

「だったら最初から、かけるのとこにいったらよかってん」

「さやま団地やしなあ。やばそうなじいちゃんおるし」

かけるのこともきらいやし。心の中で、わたしはかってにつけたしていた。

「でも、バンドのみんなでやったら、おれもいってたで」

マロはそういうと、なにかをごまかすみたいに、自分の坊主頭をなでまわした。校舎の窓《まど》から、ガクたちのくすくす笑う声が聞こえる。あいつ熱かったんちゃうか、頭コゲたんちゃうかって笑いながら、二人して肩をなぐりあったりしていた。おかしくて、パンチしないと死んでしまいそうなんだろう。

わたしもあそこにいて、いっしょに笑って、ガクをパンチしたいな。そんなことをちょっと思った。

「ガクがおるんやったら、ついてくやんな、あんたは」

「だってリリイもいっしょやろ」

「あたしらなんて、いてもいなくてもおんなじや。ガクは今、かけるのことで頭がいっぱいやもん。かけるとガンズで、脳みその五十パーセント使《つこ》うてる。残りの五十パーセントはからっぽ」

なんだか、いじわるなことをいってるなあ。そう思って立ちあがった。マロに、自分のいじわるな顔を見られたくなかった。

するという、背中に声をかけられた。

「ガクはかけるのこと、ほんまにメンバーにいれる気かな。リリイはそれでええと思う?」

「だって、かけるがおらんとガンズ・アンド・ローゼスできへんねやろ」

「かけるをバンドにいれるって決めてから、ガクはなんか変やわ」

あいつはもとから変やんか。わたしはそういって、校舎にもどった。

ごめんねマロ。本当はわたしも同じ気がしていたのに。でも、それってやきもちじゃないかなあって思っちゃうんだよ。マロはまだいいけど、わたしがかけるにやきもちやいてどうするの。どっちも男だよ、あいつら。

でも。でももしかすると、ガクって女子よりかけるのことが好きだったりして。かけるは女の子みたいな顔をしてるし、かけるの好きな女子っていうのも思いもつかない。それって好きな子がいないからじゃなくて、ガクのことが好きだからじゃないの。

ばかガク。ばかかける。

なにより、ばかリリイだ。つまらないことを考えてるなって自分でもわかっているのに、そのことをどうしてもたしかめたくなった。午後の授業のあいだ、ずっと考えているうちに止まらなくなってしまい、放課後になったとたん二人をさがした。見つけたって、なんて聞けばいいのかわからないくせに。

最初に見つけたのはかけるだった。ろうかを歩いていたら、窓枠《まどわく》のところに鳥みたいにとまっていた。バランスをくずしたら二階からまっさかさまなのに、それが楽しいみたいだ。

わっ。突《つ》きおとすみたいに手を出したら、かけるがわたしの手をつかんだ。

そのままバランスをくずして、ろうかに飛びおりる。

「死にかけた」

かけるは笑いもしなかった。今ごろになって、よくそんなこといえるよなあ。

「かける、一人？」

「ああ、ガクは今、職員室でしかられてんねん。ふふふ」

どうしたのって聞いてみたら、教室を爆破《ばくは》しかけたらしい。

「技術の授業で使う、ハンダって知ってる？　柔《やわ》らかい針金みたいなもん。さっきマロニーたちとバンドの話しとったら、たまたま教室のすみっこに落ちとってん。あのハンダって、よおくっついたりポケットにはいったりするんやけどな」

「それで？　ガクがどないしたんよ」

「うん。マロニーにだまされてさあ。そのハンダ、コンセントにさしこんだらええにおいしてくんねんっていわれて、ガクがほんまにさしこみよった。Uの字にまげて、ぷすって。ほしたらマロニーが用事思い出したからって、いってもうてな」

「あんたはいっしょやったん？」

「いや、マロニーによばれて、ろうかまがったとこからガクのこと見とった。ほしたらさ……」

かけるが笑う。おかしくて今にも涙《なみだ》が出そうなぐらいで、声もふるえていた。「バンって爆発したんや。まあ、爆竹《ばくちく》いっこぐらいの音やったけど、たまたま生活指導の『にいやん』がろうか歩いとって、そく、つかまった」

「なんで爆発したんよ」

「ハンダってそうなるんやって。おれもきょう、はじめて知ったわ」

かけるはなんでもない顔をしている。一年生のときからしょっちゅう先生にしかられているから、ガクが職員室によばれたことぐらいなんとも思っていないんだろう。

「ほんでリリイはまだ家に帰らんの。どっか遊びにいくん？　おれもいっしょにいこっかな」

気楽なことといってるなあと思いながら、あのことを聞くチャンスをさがした。

「ガク待ったほうがええんとちゃうん。かけるとガク、さいきんいっつも二人でおるやん」

「せやな。いっつもいっしょやな。おれ、ほかに友だちおらんしさ」

「バンドのメンバーがおるのに」

「でも、ガクはやっぱ特別やんか」

どうどうと認めた。交際発覚《はっかく》か？

「マロはきらいやないけど、マロがおれのことときらってんのわかるし。リリイは女子やん。だから、やっぱりおれはガクが好きってことになる」

「その好きって、どんな感じなんよ。英語やったら？　ガクのことライク？　それともラブ？」

「あー、おれあんま英語わからん。ガクは……ヒムかな」

ヒムは〝彼を〟だろ。もっと勉強しろ、かけるめ。

どう説明すればいいんだろう。そう思ってあれこれ考えているうちに、かけるはまた窓枠《まどわく》にのぼっていた。なんだってそんな場所が好きなのか、よくわからない。でも考えてみたら、かけるってちょっと鳥に似ている。飛んでいるか、どこかにとまっていないと落ちつかない感じがした。

突《つ》きおとしてやったら、飛ぶかな。

「せや、こないだガクのとこでごはんつくったんやって?」

いきなりかけるがいう。数学の先生に当てられたときみたいに、びくっとした。

「え? あ、まあ。ごはんいうたって、オムレツ焼いただけや。あまりもんで」

「ガク、感激《かんげき》しとったで」

「ウソや。あいつ、文句いうとったやろ。焦《こ》げてもうたから」

「ほんまに感激しとった。ずーっとオムレツがうまかったって話しとった」

顔が赤くなる。あんなので感激されたらよけいにはずかしい。ちゃんと準備してつくった料理だったら、少しはうれしいけど。

「ガクってさあ、考えてることすぐ顔に出るけど、口にも出るな。うれしいことあったら、そのままずーっとしゃべるやん。せやからオムレツもほんまにうまかったんやで」

「オムレツなんかでよかったら、いつでもつくったる」

「ほんま。うれしいな。ほんならいつか勝負しよ。おれもオムレツならとくいや」

なんだこいつ。ちょっとあきれてしまった。かけるとオムレツ勝負なんてしたくない。

「ガクにつくったったらええねん。かけるがつくったらよろこぶで」

「よろこぶかなあ。おまえのつくったのなんて食べへんっていわれそうやなあ」

だんだん、頭がこんがらがってくる。けっきょく、ラブなのライクなの。それともやっぱりヒムなの――そんな、わけのわからないことを考えていると、職員室からガクが飛びだしてきた。放課後のだれもいないろうかをダッシュしてきて、わたしのそばでぴたっと止まる。

あいつの前髪《まえがみ》が、わたしをつかまえるみたいに、ばさっと前にゆれた。

突《つ》きとばしてやる。ガクはプロレスでもしてるみたいにそのままバックして、ろうかの壁《かべ》に背中をくっつけた。

「マロニーめ。こんど会ったらただですまさへんぞ。かんぺきにだまされた」

「かけるに聞いたで。あんたがしょうもないことすっから悪い」

「よし。あにきの罪《つみ》は弟もかぶらなあかん。マロにおしおきしたろ」

ガクはきょろきょろとあたりを見まわす。「あれ？　そんでマロは」

「もう帰ったよ」とわたし。

「あいつ最近、すぐ家に帰ってまうな。野球部やめてひまなくせに。なんか家でええことあんのかなあ」

ガクは口の中から、ころっとガムを出した。職員室でしかられているあいだも、かくれてかんでいたらしい。いつも思うんだけど、こいつの口の中には、小さなポケットがあるんじゃないか。持ち物検査のとき、お菓子が見つかりそうになって、キャンディをいくつも口にいれて平気な顔をしていたこともあった。それでもほっぺたはふつうで、先生には見つからなかった。

「きっとゲームやな。あいつこないだ、メガドライブっていうゲーム機買うかもわからんていうとったし。なんか、ファミコンよりすごいらしいで」

「なんもかくれてゲームせんやろ」

わたしがいった。本当はガクに気づいてほしかったからだ。マロはねえ、かけるのことで怒ってるんだよ。かけるっていうより、きみのことで。きみが変わってしまいそうだから。

……怒っているのはマロじゃなくて、わたしかもしれない。

怒ってはいないか。悲しいのかな。

「ほかに理由あるんとちゃうのん」

「いーや。マロはいっつもそうやねん。先にあるていど練習してから、こういうソフト買ったでっていうからな。最初だけゲームうまくてじまんできっから」

よし、それじゃこれからマロの家にきょうしゅうかけるか。ガクがいったので、かけるとわたしも、なんとなくついていった。マロがいなくてもマロニーたちがいるし、きょうのおわびに、ジュースでもおごってもらおうって。

あーあ。なにかまちがえてる。だけど、もういいや。

で、マロはやっぱり家にいなかった。それでもマロのお兄ちゃんとバンドの仲間がいたから、家にあげてもらった。ガクはきょうのことでお兄ちゃんに文句をいいながら、どれくらい先生にしかられたかオーバーに説明した。お兄ちゃんもそれが面白いみたいで、たっぷり笑ったあと、じゃあジュースおごるよってお金をわたしてくれた。そのかわりに、おつかいにいけって。やったぜ。ガク一人が飛びだしていったので、わたしも遅《おく》れてついていった。

「待って」

「マロおらんかったな。まさかとは思うけど、彼女できたんかもな」

そんなことをいいながら、ガクはもう自動販売機のジュースを選んでいる。わざと変なジュースばかり選んで、マロのお兄ちゃんたちにしかられようとしていた。一人っ子だからかな。ガクは、マロのお兄ちゃんが好きだ。

「マロニーにはサスケ買《こ》うたろ」

ガクが急にこっちを見た。「リリイ、サスケ飲んだことある？　むっちゃまずいねんで。ジユースなのにショウユ味。飲んだら一日ずっと気持ち悪いねん」

それから、ほかの友だちにはドクターペッパー（悪いジュースみたいにいわれてるけど、わたしはこれが好きだ）とか、もっとまずそうな栄養ドリンクなんかを選んだ。自分のぶんだけは、大好きなメロー・イエローを選んでいる。

そして、帰ったらやっぱりしかられた。ガクは、マロニーたちにむりやりサスケを飲まされて、まずいまずいってさわいでいた。わめきながら、でも、楽しそうだった。

「ほんまおまえらは、あほばっかしとるな」

お兄ちゃんが、ガクの首をしめながらいう。この人も楽しそうだ。「あほのバンドや」

「あほは、おまえちゃうんか……」

ガクがもっと強く首をしめられた。わざとそうなるようなことばかりやっている。

「死ぬー」

「まともなんは、このリリイだけや。ガクとマロはだれが見てもあほやし、おまえ（かけるのことだ）もあほそうやしなあ」

「そういうたら、おまえのじいちゃんも、かなりきてるんやって？」

お兄ちゃんの友だちが、笑いながらいった。ドラムの人。「アル中で、ぼけてるそうやんけ」

そんなん、だれがいうとったんですか――かけるがみんなに聞いたけど、だれも答えなかった。ガクがお兄ちゃんを相手に、プロレスをはじめたからだ。

かけるはつめをかみながら、ガクのからまった足をじっと見ていた。


ガクは、ほんのたまに優《やさ》しいときがある。でも、たいていは優しくない。そこのところはお父さんと似ているかもしれない。悲しいことがあってわたしがだまっているとき、お父さんは、お腹減《なかへ》ってないかなんて聞いてくる。いらないって答えると、なんだダイエットかって失礼なことをいう。どんなふうに悲しいのか、これじゃ話もできない。

そういうとき、わたしは一週間ぐらいお父さんと口をきいてやらない。

でも、ガクとはすぐに口をききたくなる。

その日も、しゃべりたいなって思って中庭に出てきた。けど、ガクは男子たちと遊んでいるさいちゅうだった。マロもいっしょに、校舎のあいだを登っている。うちの中学には旧校舎と新校舎があって、そのあいだにはすきまがあった。両手両足をつっぱると、登ることができる。

「おっ、ガク落ちかけたやんか。危《あぶ》な～」

わたしといっしょに、噴水《ふんすい》のところから二人をながめていたかけるが笑った。笑いごとじゃないよ。なにせ校舎は三階建てだ。落ちたら死んでしまう。

校舎のすきまをマロがずーっとすべりおりて、「やった一位！」とさけんだ。負けたガクは面白くないのか、わざとマロの頭の上におりてくる。マロがぎゃあぎゃあさけんでいるうちにいつのまにか肩車になっていて、そのまま、すきまから中庭へ出てきた。

小さなマロだと、ガクを乗せているのがたいへんそうだ。今にも転んでしまいそうになりながら、よたよた噴水に近づいてくる。

「かける」

ガクが、マロの上からさっと飛びおりた。わたしとかけるのあいだにむりやりすわって、ちょっとギターでわからんとこあるから教えてっていった。するとマロは、ぷいっと校舎のすきまにもどってしまった。わたしだけは気づいていたけど、ガクはまるでわかっていなかった。

「ソロのとこ、指の順番がわからんねん」

自分の腕を使って、ギターのフレットをおさえるマネをする。「ほら、ここ。ここで人さし指と薬指がこんがらがるやろ。ここ、どないしてる？」

「なんでそうなるんかな。おれ、指がこうなるけど」

ガクの腕を使って、かけるがゆっくりとソロの部分を弾《ひ》いた。二人で鼻歌を唄《うた》いながら、一音一音、指を動かしていく。

わたしもなんだか面白くなくなって、用事を思い出したからって噴水《ふんすい》をはなれた。

急に明るい場所から校舎の中にはいったんで、一瞬《いっしゅん》、まわりがまっ暗に見えた。だれがだれなのかわからないぐらいだったんだけど、暗さになれてくると、すぐそばにサトミがいた。

同じクラスで、お弁当をいっしょに食べる友だち。中二になって、少し不良っぽくなった子だ。

両手をいつもセーラーのお腹《なか》のところにつっこんでいるから、ヘソがよく見える。というか、わざと見せている。

「リリイ」

サトミは、わたしの名前をバンドの友だちみたいによんだ。ガクたちがいつもそうよんでいるのを聞いて、彼女まで同じように発音するようになっていた。

「前髪《まえがみ》、おかしなってるで。くし貸したろか」

サトミがラメのはいったピンクのくしを、ポケットから取りだす。持ち手のところには、髪の毛をしばるゴムが巻きつけられていた。それもピンクだ。

「おかしいのは自分で切ったからや。ちょっと切りすぎてん」

「ふーん」

サトミは壁《かべ》にもたれたので、わたしも同じようにやった。ひやっとして気持ちがよかった。クーラーのない北中では、校舎の壁と下じきは夏の必須《ひっす》アイテムだ。

「なあリリイ。あんた、かける君とけっこう仲ええやんな」

「仲ええっていうか、同じバンドやから」

「そうなん? ガクのところにかける君もはいったんや」

「ガクが引っぱりこんでん。ガンズ・アンド・ローゼスやりたいからって」

「なんやの、ガンズなんとかって」

「外国の新しいバンド。ガクもかけるもすごい好きで、いっつもその話ばっかしてる」

「そうなん」

この子、ぜったいガンズ・アンド・ローゼスのレコードを借りるか買うかするなって、わたしはすぐにわかった。ぜんぶいわなくても、サトミがなんとなくかけるのことを気にしてるっていうのは知っていたから。サトミはそういうとき、話のきっかけをつくるのに、まずその子の好きな音楽を自分も好きになる。

「そのバンド、レコード売ってるかな」

ほらきた。「大島楽器とかでも買える?」

「たぶん。でもなんで? サトミがガンズ・アンド・ローゼスなんて似合わへん。バンドやってる子らが好きそうな曲やで。どんなんか、だいたいわかるやろ」

「似合わんでもええねん」

サトミがわたしとのあいだを、少し縮《ちぢ》めた。なにしているのかって思ったら、ちょうどここから噴水《ふんすい》のあたりがのぞけるようだった。暗い校舎の中からだと、中庭はすごくまぶしく見える。たぶん、サトミの目にもそう見えるだろう。とくに、かけるが。

「あの子ら二人、なんで腕をさわりっこしてんの」

「ギター教えあってんのや」

「かける君とガクとどっちがギターうまいん？」

「かけるのほう」

「あのさあ、それやったらあんた、かける君とガクと、どっちのほうが好き？」

「えっ」

とつぜん聞かれてこまってしまった。まるで、きのうのわたしみたいだ。かけるにした質問とほとんど同じ。

どっちもヒムかな。かけるみたいに、いってみたいもんだ。

「どっちっていわれても、ただのバンド仲間やしなあ」

「ほんま?　ぜったいほんま?」

そうしたらサトミは、「かける君のことぜったいに好きにならへん?」なんていう。

「ならへんって約束できる?」

どうしてそんなことサトミと約束しなくちゃいけないの。そう思ったけど、いっちゃいけない。一年のときにはいっていた陸上部の友だちとも、こういうくせが出て、仲がもっとこじれてしまった。おかげでわたしが退部して、今は帰宅部。放課後の活動っていったらバンドぐらいだ。内申書にひびかないといいなあって思うけど、今さらどこかの部活にはいる気にもなれない。

ばかばかしいけど、しかたがなかった。わたしは、約束するよって答えた。

「……でも、かけるってめっちゃあほやで。ガクとどっこいどっこい」

「そこがかわいいんやんか」

そのあとサトミは、かけるが校舎にはいってくるまで、ずっとあいつのことをながめていた。

なんだかわからないけどわたしもとなりで、ガクのことをながめてみた。まぶしいなあ。あいつらのカッターシャツは白いし、噴水《ふんすい》の水が反射《はんしゃ》するし、まぶしいなあって思いながら。

そうやってずっとガクのことをながめていたせいか、放課後、とつぜんわたしのところにやってきたときは少しどきっとした。おまえあんまり人のこと、じろじろ見るなよっていわれるかと思って。

でもちがった。また、かけるのことだ。ちぇっ。

「かける、見いひんかった?」

「昼休みに見たきりやけど。また用事なん」

「いや、用事ってほどでもない」

ガクはそういいながら、きょろきょろろうかを見まわしている。放課後しばらくはろうかも通勤ラッシュみたいになっているけど、三十分もすぎていたから、ほとんど人はいなかった。残っているのは教室でおしゃべりしている子たちと、荷物を取りにもどってきた運動部の子だけだ。

「おかざき商店ちゃうの?」とわたし。「わたしもいっしょにいこうかな」

「おかざき商店にはおらんかった。家、帰ったんかも」

なんだかあせっているみたいだったから、わたしはかけるがどうしたのと聞いてみた。さっきまで、学生カバンのとめ金の位置を気にしていたことも忘れていた。きょうは荷物が多くて、一段目でも、うまくとまらなかったんだった。

おかげで、カバンを持ちあげたとたん、中身をひっくりかえしてしまう。教科書がずるっと滑《すべ》り落ちた。どうしてだかわからないけど、教科書をたくさん持って帰るのをガクに見つかるのがはずかしかった。

床《ゆか》に落ちたお弁当箱をひろいあげると、ガクはわたしにさしだした。そら、というだけでかけるの説明をしない。

「かけるがどないしたんってば」

「……かけるがマロをなぐったとか聞いた」

「えっ、ウソ！」

「ウソかどうか、たしかめてる」

「なんでそんなことしたん」

「わからん」

「ほんまのことやったら、どうするん」

「それもわからん」

ガクが怒っていた。顔が氷みたいにかたまっているから、すぐにわかってしまう——小学校のとき、わたしとガクが結婚《けっこん》するってみんなに笑われたときも、こういう顔をしていた。この顔が出るといつも、「ただの友だちやろ、ぼけ!」ってさけんで、飛びかかっていった。

そんなとき、いつもガクは泣いていたな。泣き虫だった。泣きメチョ。わたしだけが知っている、ガクのこと。

「あたしたち、みんなバンドのメンバーやんな? あんた、変なことせえへんやんな」

聞いたのに、ガクはだまったままだった。窓《まど》のしまっていない教室のカーテンだけが、内側にむかってひらひらとゆれている。「わかった。わかったから、むこういけよ」って、ガクのかわりに手をふっているみたいだった。

ガク。あんたのせいで、最近のわたしは変になっちゃった。たとえば今、学校のカーテンがきらいになった。昔は好きだったのに。晴れた日、学校のカーテンにくるまって遊ぶのが好きだったんだよ。光がさしこむマユの中にいるみたいで、楽しかった。

そんなこと知らないでしょう?

わたしのこと、なんにも知らないでしょう?

知って。

5

ぼくの母さんによれば、とりあえずごはんを食べると怒りっておさまるそうだ。でも超高速で夕飯を食べてたら、ますます腹《はら》が立ってきた。かけるめ、ちょっとギターがうまいからって、いいかげんにしろよ。マロをなぐったなんて、どんな理由があってもただじゃおかない。

学生服を着がえてバス停にむかった。うちは田舎《いなか》だから、一時間に二本しかバスは出ていない。それで、もしバスがなかなかこなかったら、かけるをゆるしてやってもいいかなって考えていた。なのにバスはぴったりのタイミングでやってくる。これはもう、ぼくが怒っていいっていう、神様のお告《つ》げにちがいなかった。

駅へむかうバスは空《す》いていたから、いちばんうしろの席にすわって、マロがいったことを考えた。夕方、家から電話をかけたときのことだ。ぼくはそのとき、かけるとマロのあいだでなにがあったのか教えてもらおうとした。でも、なぐられたのがはずかしいのか、それともこわくてよく覚えていられなかったのか、完全には教えてくれなかった。

ただ、学校の自転車置き場のかげでケンカになったのは、やっぱり本当らしい。

『ガク。おれほんまに、かけるとバンドやれそうにない。あいつ……』

電話のむこうでマロがいった。

「ちょい待ち。とにかくかけるに会いにいってくるから、そのあとで聞く」

自分から電話をかけておいたくせに、いそいで切った。ぜんぶ話をさせてしまったら、マロがバンドから抜《ぬ》けてしまうかもしれないと思って。そうじゃなかったら、かけるにやめさせることになるかもしれない。

だけど本当にまずいことになったら、ぼくはどっちを選ぶだろう――かけるか、マロか。どっちも選ばないで、バンドごと解散《かいさん》かな。カッコわる。まだなんの活動もしていないのに。

くそ。かけるを見つけたら、まっ先にむなぐらをつかんでやる。壁《かべ》におしつけてやるからな。

その次はなんていおうか。たぶん、「おまえ、なんやねん！」だ。それ以外にぴったりの言葉なんてない。関西弁をしゃべれていちばんいいのは、「なんやねん」って言葉が使えるからだよなって、おかしなことを思った。

さやま団地前でバス停をおりると、いつのまにか走りだしていた。バンガローみたいに並んだ家からは、いくつも明かりがもれている。かけるの家もそうだった。今夜は、母屋《おもや》のほうにだけ明かりがついている。

「かける！」

うすっぺらなドアをノックした。あいつは、夜になってもふらふら遊びにいくやつだったっけか。じいちゃんしか家にいなかったら、あとはどこをさがせばいいんだろう。ノックしながら考えているあいだに、ドアがあいた。

かけるだった。

おめー！　と、ぼくはいきなり、かけるのむなぐらをつかもうとした。

けど、どうも手が出せなかった。かけるが、料理に使うさい箸《ばし》を持っていたからだ。料理中の人につかみかかるっていうのは、なんだかおかしいもの。おろし金で大根をおろしているさいちゅうの人や、カップ焼きそばのお湯を捨てているさいちゅうの人に怒るのは変だ。それが終わってからでいいやって思うに決まってる。

「お……おまえ、料理のさいちゅう？」

いいかたまで変になってしまった。「夕飯どきやったか」

「うん」

かけるも、ぼくがどうしてきたのかはわかっているみたいだった。きまりが悪そうな顔でおとなしくしている。かけるのうしろからは、なにかの焼ける音が聞こえていて、こっちのほうが落ちつかなかった。

「ガスの火、先に止めたら？」

「ええねん。先いうてくれ。だいたい自分でもわかってるけど、ガクから先いうて」

「いうけど、そら、そのフライパンの中身、焦《こ》げてまう」

「でも、焼きそばやから」

「なんで焼きそばやったら焦げてもええねん。先に火……」

「こらッ、おまえら！」

奥《おく》の部屋からじいちゃんの声がした。「このぼけ！　なにをそこでくっちゃべっとんねん。中で話せ！」

ぼくとかけるはしばらく見つめあっていた。でも、とにかくこっちから先にいわないと、かけるはなにも話しだしそうにない。料理のさいちゅうで悪いけど、ちょっとつきあえなんていったら、じいちゃんが怒りそうだった。

というわけで、ぼくは家にあがらせてもらうことにした。夜におじゃましますと、あいさつだけはちゃんとしてから、小さなテーブルの前にすわる。じいちゃんは、ぼくたちに尻《しり》をむけて寝ていた。あいかわらず酔《よ》っぱらっているようだ。かけるは台所で焼きそばの続きをやっていた。きょうもおっちゃんは遅《おそ》いらしい。

扇風機《せんぷうき》がゆっくりまわっていて、風が、部屋のカレンダーをめくろうとがんばっていた。もう九月も終わりに近いのにカレンダーが八月のままだから、扇風機もイライラしてたんだろう。

ぼくはそのイライラ風に当たり、かけるの料理が終わるまで、テレビの野球を観《み》ながら待った。なんだかおかしな感じだった。怒りにきたのか、夕飯をよばれにきたのか、これじゃあよくわからない。

ガスの火を止めたかけるが、やっともどってきてテーブルの前にあぐらをかく。さい箸《ばし》を置いてきてくれたのは、ほっとした。あれがあると、いつまでたっても話なんてできない。

「かける、焼きそば先に食べたらええのに」

どうしてもぼくは、そのことが気になっていた。「じいちゃんも、ごはん待ってるんやろ」

「夕飯、いらんのやと。酒飲んで寝とる」

じいちゃんの前でそんなことをいったら、またしかられるぞと思ったけど、そのときはもうイビキが聞こえていた。

だったら、ここで話をしてもいいか。せっかくコンバースをぬいで家にあがったことだし

——そう考えたぼくは、きょう、マロに聞いたことを話した。でも、じいちゃんを起こさない

よう、ひそひそ声でしゃべっていたんで、怒っていた気持ちがしぼんでしまった。だいたい、ひそひそ声で怒ることなんて不可能だ。修学旅行で、女子の部屋に遊びにいく計画でも練《ね》ってるみたいだもの。

「……つーわけで、マロはバンド続けられんとかいうとった」

ぼくは、ずっとうつむいているかけるにいった。かけるの長い髪《かみ》の毛は、ほっぺたにはりついたままだった。

「なんでおまえ、同じバンドのメンバーどついたりすんねん。ちょっと、おかしいぞ」

「悪かった」

「だから、なんでどついたんか教えーや。マロもはっきりいわんから、おれかってどうしたらええかわからん。おまえをバンドから抜《ぬ》けさせたらガンズ・アンド・ローゼスができへんし、マロが抜けてもベースがおらんようなってこまる。それにあいつ、一年のときから友だちやしさ。そんなん、バンドごと解散《かいさん》するしかなくなるねんで」

「おれさ」

かけるは、テーブルの木目《もくめ》にむかって説明するように、ぼそぼそと話しだした。

ぜんぶ聞いてみると、いつもわけのわからないことでキレるかけるにしては、ちゃんと理由のあるケンカだった。マロが、かけるのじいちゃんのことをマロニーたちに話してしまったことが原因らしい。たぶん、面白おかしくいってしまったんだろう。それも、かなりひどく。

もちろん、それだからってメンバーをなぐっていいことにはならないけどな。

「だいたいな」ぼくは小さな声でいった。「そりゃマロかって悪いけど、おまえもおまえで、なんでそこだけ怒るねん。おっちゃんが酒飲んであばれるってみんな知ってるし、からかわれたことかってあるやろ。せやのに、なんでじいちゃんのことだけ怒るねん。しかも、半分ほんまの話やんか。アル中はいいすぎかもしれんけど」

「それは、おれにも、よおわからんけど」

こんどは木目にそって指を動かしている。テーブルの上に反省文でも書いているみたいだ。

「じいちゃんのことだけ、怒ってまうねんな。なんでかな」

「まあ、その、かけるにしては、ふつうのケンカっていうか、なんていうか……」

ため息が出た。ため息ひとつついたら、幸せもひとつ逃げるよって、小学校のとき保健の先生に教わったのに。「せやけどおまえ、人の話は最後まで聞いてから手え出せよ。マロ、ふりむいたらいきなりなぐられたっていうとったぞ」

「ほんま、おれあほやから、すぐこうなるねん。マロんとこにあやまりにいこっかな。ガク、とちゅうまでついてきてくれるか」

「マロニーがおるから、直接家いくんはあかんで。遊んでいけっていわれて、ちゃんとした話なんてできんようなるもん。そんなん、マロがきげん悪くする」

ぼくはそういうと、部屋を見まわした。昔から使われているような、黒いダイヤル式の電話がテレビの横に置いてあった。

これだ。

「電話かけてあやまれ」

「うん。でも……ガクがおったら、ちゃんと話できへんし」

「ほんならおれ、しばらく外にいっから」

「じゃあ、そうしてもらおっかな。悪いけど」

「このぼけ！」

寝ていたとばかり思っていたじいちゃんは、こっちに尻《しり》をむけたままの姿勢でいきなりどなった。最初は寝言《ねごと》かと思った。前みたいに、みそラーメン買ってこいっていうんじゃないかって。

「お客さんに外いかすやつおるか。おまえがいってこい。少し歩いたら公衆《こうしゅう》電話あるやろ」

「でも、ちょっと遠いもん」かけるは、じいちゃんの尻にむかっていう。「それにおれ、金持ってへん。おっちゃん帰ってこやんと、家に金、一銭《せん》もないで」

じゃあこれやる。じいちゃんが、作業着みたいなズボンのポケットから取りだしたのは、三十円だった。それを畳《たたみ》の上にぼろんとほうり投げる。

「三十円やんか」

見たとおりのことをかけるはいったけど、その気持ちはわかる。公衆電話で三十円なんて、すぐなくなってしまう。せいぜい、三分ぐらいしかもたないんじゃないか。なのにじいちゃんは、むこうをむいたままで「三十円以内であやまってこい」って答えた。

「人にあやまんのに、なんで百円も二百円もかかんねん。どんな金持ちのケンカや」

金持ちのケンカって、そんなむちゃくちゃなこといわれてもなあ。ぼくは思った。

でも、かけるは素直に三十円を持って、外に電話をかけにいってしまった。

ドアは、うすっぺらなくせに大きな音でしまった。するとすぐに、自分の鼻の頭に汗が出てきた。じいちゃんと二人きりになってしまって、緊張《きんちょう》していたのかもしれない。クーラーをかけたいけど、たのむのもこわかった。

「ぼんは」

じいちゃんは、ざらざらした声でぼくに話しかけた。「かけると、ぎぶそん仲間やったな」

「あ、はい。そうです」

「かけるはあんな子やけど、ほかのぎぶそん仲間とうまくいってるんやろか」

まあまあですって、正直にいった。さっきまでかけると話していたことを、どこまで聞かれたのかわからなかったからだ。それに、じいちゃんの白い目はウソを見抜《みぬ》く力があるような気がしてたまらない。

「まあまあ、です」

「そうか」

「すんません」

「ぼんは、かけるとずっと、ぎぶそん仲間でいたってくれな」

「えっ？　はい……」

「あと、わしのぶんの焼きそば食べてき。自分でよそえるやろ」

話が、ぴたりととぎれた。

しかたがないから、さっきごはんを食べてきたばかりなのに、フライパンから焼きそばを半分だけよそった。またテレビを観《み》ながら食べる。少し焦《こ》げていたけど、かけるがつくったにしてはおいしかった（リリイとどっちがうまいんだろう？）。おいしいんだけど、時間の進むのは遅《おそ》く感じた。かける、早く帰ってこいよーと心の中でさけんだら、どうしてだかタイガースが満塁《まんるい》ホームランを打たれた。

十五分ぐらいして、ようやくまたドアがあいた。かけるは、家を出ていったときと同じ顔をしていたから、あやまるのに失敗したのかと思った。いくらなんでも三分以内にすませろなんていうのは、じいちゃんのほうがおかしいもんな。

「なんでガクが焼きそば食べてんのん」

ぼくだって、好きで食べてるわけじゃない。こういうのを〝なりゆき〟っていうんだ。

「それより、マロはどうやったんよ」

「……ううん、それがな。八十パーセントはゆるしたるって。二十パーセント残ってもうた。どないしよ」

「かける、たった三分で、よおそこまで話せたな」

「おばちゃんが電話取ってマロに変わってもろたから、ほんまは一分半しかなかった。むちゃくちゃ早口であやまっててん」

べらべらといそいであやまっているかけるの姿を考えたら、なんだかおかしくなってきた。それで一瞬《いっしゅん》笑ったんだけど、別のことを思いついて、顔がきりっとした。はっ。じいちゃんは、こうなるのを知ってて、わざと三十円しかくれなかったんじゃないか？　時間制限でもないと、そういうのって、なかなかいえないから……。

そこでぼくは、ちらっとじいちゃんを見てみた。でも、ぴったりのタイミングで、ぷっとオナラをされた。

このやろー。やっぱりこいつは、三十円しか持っていなかっただけにちがいない。

「ガクどないしたん、そんな顔して。やっぱ焼きそば、べちょべちょやった？　粉末《ふんまつ》ソースついてへんやつやったから、ごめんな」

「焼きそばであやまらんでもええからさ」

残りをさっと口にほうりこんで、ぼくはいった。「それよかマロ、八十パーセントっていうたとき、どんな感じやった？　まだ怒ってるみたいやったん？」

「おれ、そういうのよおわからんねん。でも、きっと怒ってるわ。残りの二十パーセント、どないしよ。おれから先になぐったから、こんどはマロがなぐれなんていうたら、ちょっと熱血すぎるやんな」

「熱血ゆうか、キモいわ。ラグビーのドラマみたいやんか。おれら、バンドマンやで」

「ラグビーのドラマって、『スクールウォーズ』のこと？　おれも観《み》てた」

かけるはすぐに話が飛んでしまう。女子と電話で話してるみたいだった。あいつらはたまに二人とか三人とかで家にかけてきては、ちょっととなりの子とかわるね、こんどはこっちとかわるねって、次々に人を電話口へよぶ。もちろん話題だって飛びまくりだ。電話を切ったあとはいつも、ハテ？　いったいなにをしゃべってたんだっけって首をかしげなくちゃいけない。

それからすると、かけるはまだマシなほうかも。自分の分の焼きそばを食べながら、ちゃんと『スクールウォーズ』の話をしてたぐらいだから。

マロの話は、すっかり忘れていたけどさ。


その日も、かけるにバス停まで送ってもらった。やっぱり片方だけで落ちていた軍手《ぐんて》を、二人で順番にけりながら歩いた。

「じいちゃん、起きとってあせったな」とぼく。軍手がみぞに落ちてしまったから、なにか話したかった。足がたいくつになったんで、口を動かしたくなったというわけ。

「でもじいちゃん、夕飯も食べんと酒ばっか飲んで、ほんまだいじょうぶなんか」

「きょうはあんま飲んでない。ありゃ、ふて寝や」かけるが笑う。「それで起きとったんやで」

なんでも夕方ごろ、いっしょに夕飯の材料を買いにいったらしい。墓場《はかば》を抜《ぬ》けておかざき商店の前をまがると、お酒も売っている小さなスーパーがあった。

その墓場で、じいちゃんはトンボを見つけた。だれかの墓石の上に、オニヤンマが静かにとまっていたそうだ。

かける。オニヤンマの捕《と》りかた知ってるか？　めずらしく酔《よ》っていなかったじいちゃんは、そっと墓石に近づいていった。トンボの顔の前に太い指を突きだすと、グルグルとまわしはじめた。

「そんなんで捕れた？」

話のとちゅうでぼくはいった。「昔からいわれてるけど、あれ、あんまきかんで」

「せやろ。でもおれのいうこと聞かへん」

「かけるも、トンボ逃げるまで待っとったん？」

「いやー、それがな。ずっとまわしとっても、逃げへんねん。じいちゃん、五分ぐらいやっとったんちゃうやろか」

かけるがくすくすと思い出し笑いをはじめた。

「どないしてん。かける、はよいえって」

「五分まわしたら、トンボの首が取れた。いきなり、ぽてって落ちてん」

「ウソこけ～」

「ほんま。たぶん最初から、死んでひからびとったんやろ。せやけど面白いから、じいちゃん指まわしすぎやねんっていうたってん。ほしたら、そんなんで首取れるかって怒りだしよった」

「なんで怒るんよ」

「そこが、おれにもわからんとこや」

まだ笑っている。ぼくもおかしくなってきて、いっしょにくすくす笑った。

「ほんで、ちょっとからかったろ思うてさ。じいちゃんは、戦争いったなんてウソばっかついてっから、こないなんねんっていうたった。人から聞いた首切る話なんてしたバツや。せやからトンボの頭、ほんまに取れたやんかってな」

そのせいで、じいちゃんはきげんを悪くしてしまった。家に帰ってくると、ごはんも食べないで、そのまま寝てしまったんだと。中学生より子どもだよな、それじゃ。

「うちのじいちゃん、あほやろ」

「あほなんはわかってっけど……なんか、かわいそうなってくんな。そこまで戦争いきたかったか。ふつう逆やのに」

「前にも話したけど、戦争いってたら、いろんなことがよくなったかもしれんって思うてんのやろな」

バス停についた。でも時計を持っていないから、あとどれくらいでバスがくるのかわからない。かけるも時間は気にしないで、サルみたいにバス停の柱にぶらさがった。

「戦争で手柄《てがら》とか立てて、えらい兵隊になって、ほしたらこんなところから出ていけたのにって思うてるんや。戦争が終わっても、なんかこう、もっとえらい人になれたって。そうしたら、今みたいな酔《よ》っぱらい人間にならんですんだってな」

「わからんこともないけど、酔っぱらってるのは住んでる場所と関係ないやろ。じいちゃんが自分で酒飲んでるんやから」

「でもおれ、じいちゃんのいってること、ちょっとだけわかるような気いするわ」

かけるはバス停にぶらさがったまま、ぶらんとゆれた。あやうく車道に落っこちて、トラックにひかれてしまうところだった。

「ここに住んでみんと、こういうのわからんと思う。せやから説明はせえへんけどな」

「なんでやねん」

ぼくはちょっと悲しくなった。おまえなんかに、わかってたまるかっていわれた気がしたからだ。部屋から追いだされて、中からカギをかけられてしまったような気分だった。

「そんなん、説明もしいひんうちからいうな。こっちかって、人の考えてることなんてわかるか。おまえのじいちゃんかってそうや。思うてることちゃんと口に出していわんと、だれもわかってくれへん。助けてくれへんし、手伝ってもくれへん」

「ほんならガクやったら、おれのこと助けられるんか」

「成功するかどうかはわからんけど、助けようとはするやろ」

「なんでそんなんするんよ」

「なんでって……おまえ、頭どっか打ったんちゃうのん。友だちやったらふつう、そうするやん。みんなそうしてるやろが」

そんなものかなあ。そういうかけるは、どうしてだか笑顔だった。

なんだよこいつ、気持ち悪いな。

「ま、うちのじいちゃんのことはええねん。もう病気やし、そのうち死ぬよってな」

「そ、そうなん？」

「うん。病院いれても、すぐに逃げだしてきよるから、うちのおっちゃんも、もうあきらめたんや。あとは、好きなようにさしたれってさ。なんべんも病院にあやまりにいくのかって、ええかげんしんどいって」

「へえ」

そうかあ。じいちゃん、もうすぐ死んでしまうのか。そう考えると、なんだか不思議な気がした。あした、あのじいちゃんが動かなくなってしまったりすることもあるんだ。ぱっと消えてなくなってしまうのとはちがう。動かなくなって、そのままになってしまうんだな。

動かなくなるのが不思議だ。昔、飼《か》っていたインコが死んだときも、そんな気がした。きのうまでバタバタ飛ぶことができたのに、次の日にはとまり木から落ちて、そのまま動かなくなってしまうなんて、やっぱりおかしい。中にだれもいなくなった鳥カゴまで変に見えた。ブランコが静かだってことがおかしくて、ぼくはなんども指をいれ、ブランコをゆらしたりもした。でもブランコは、こっちこっち動いても、すぐに止まってしまう。鳥がいたときはいつまでもゆれていたような気がするのに、こいつまで死んでしまったように動かなくなってしまった

――それでぼくは庭に大きな穴《あな》を掘って、カゴとブランコも埋《う》めたんだった。

本当に、だれかが死ぬと、いろんなものが変わってしまうんだよな……。

セキセイインコのことを思い出したぼくは、バス停のブロックに腰《こし》をおろして、そいつが好きだった歯笛をふいた。口笛とはちがって、歯と歯のあいだからふく笛だ。

「おまえ、歯笛うまいんな」

かけるはそういって、ぼくの前に立った。ついでに時刻表を読んでいるんだけど、今なん時かわからないんだから、やっぱり意味なんてなかった。「それ、マロのくせやなかったっけ」

「ちゃうちゃう。マロがよおやるんは、つば風船や」

舌《した》の上に小さなつばの泡《あわ》をつくって、ぴっと飛ばすやつ。マロニーと二人して、それが特技《とくぎ》だってじまんしてた。でもぼくには、なんて汚《きたな》い兄弟だとしか思えなかった。だいたい泡ふきがじまんなんて、カニみたいじゃないか。二人でやったらカニ兄弟だ。

「なあかける。そんでおまえは、マロのこともう怒ってへんのか」

ぼくは歯笛をやめて聞いた。

そうしたらかけるは、遠くをむいたまま、完全に怒っていないわけじゃないって答えた。

「さっきもいうたけど、じいちゃんのこと笑うんやったら、いっぺんここに住んでみっていってやりたい。なぐったのは悪かったけど、それはいってやりたいねん」

「順序がおかしいねん。どうしてもなぐるんやったら、それいうてからなぐれ。なぐったあとやったら、いうのたいへんやんけ。あやまったり、でもこう思うねんとかいうたり、ややこしなる」

「うん」

かけるは、やけに素直だった。「でも、おれの思うてることはいつかちゃんと話す。時間かかるかもしれんし、わかってもらえへんかもしれんけどな」

「おれからもなんかいうといたろか?」

ええねん。かけるがぼくの前でしゃがむ。落ちていたアイスキャンディの棒《ぼう》をひろって、地面に穴《あな》を掘りだした。「自分でちゃんというからええねん」

「そっか」

「……せやけどガク、スタジオ練習の予定はどないするん。おれいってだいじょうぶなんかな」

「おまえおらんと、はじまらんやん。もちろんマロやって、ぜったいにつれてくるで」

そう聞いて、かけるはちょっと安心したようだった。もりもりと、地面の石をほじくりかえしている。

大きな石が取りだせたところで、こんなことをぽつんといった。

「あんなー、ガク。うちのじいちゃんも、昔は音楽やっててんで」

「うそやー」

「ほんま。合唱団とかでコーラスとかやってたらしい」

「あのじいちゃんが、コーラス？　めちゃくちゃ似合わへんな」

ぼくがいうと、かけるもいっしょになって笑った。いい気分だった。かけるが、じいちゃんの秘密を自分に教えてくれたことが、なんだかうれしかった。

「じいちゃん、好きな女がおってな。その子がはいってたから、自分もはいったっていうとった。北中がまだ男子校やったときの話やってさ。今やったら、女にもてよ思うてバンドしてたかもしらんわ。ガクといっしょやで、そんなん」

あほいえ。おれはもてたいからやなくて、ハードロックが好きやからや。そういってやったんだけど、どこまで本当かわからなかった。

「せやけど、かけるのじいちゃんも北中いっとったなんてはじめて知った。ほんなら、おっちゃんもやろ？　かけるで親子三代、北中やんか」

「でもおれ、北中出ても、じいちゃんたちみたいにはならんで。酒もあんなに飲まんしな。そんで、もっと街のほうで暮らすねん。大阪市内か、東京か。あと、博多とか名古屋とか札幌とか……有名なライブハウスあるとこやったら、どこでもええわ」

「なんや。ほんまはかけるも、プロのバンドマンになりたいんやん」

「そんなんちゃうよ。ライブ、よおさん観《み》たいからやんか」

かんぺきにてれていた。「でも、ギターはもっとうまくなりたいねん。そうすれば、じいちゃんたちみたいにならんですむ」

かけるはそういうと、ぼくの顔の前でVサインをつくり、それを飛行機みたいにして飛ばしはじめた。本当はもっといいたいことがあるんだけど、はずかしいから、別のことをしてごまかしているみたいだった。ほら、クラスの中で自分一人だけが先生にしかられたときみたいに。はずかしいのをごまかすために、まぶたをぺろんとめくって、気持ち悪い目のままで授業を受けたりしたことないですか（小学校のときの話だぞ）。

そして次に、こんなことをぼんやり考えた。

じいちゃんにとっての戦争が、かけるにとってはギターなんだな、って。

それで、自分の未来をつかみ取るつもりなんだ。ここを出ていくキップにする。

「ガク見てみ。フライングV」

かけるのフライングVは、しつこく、ぼくのまわりを飛んでいた。でも、じっと見ていると、なぜかこっちまでやりたくなってきた。というより、つきあってあげたくなった。

そこでぼくは、影絵《かげえ》のカニをつくった。たまたまマロ兄弟のつば風船のことを考えたばかりだったからだ。

「じゃあおれ、フライングKANI」

カニのギターなんてないやろって、かけるが笑った。でも、カニ型のギターっていうのもあるといいかな、なんて。ぼくも、そうだろって笑った。

ふざけてばかりいるぼくたち。それでいつも、言葉がたりないぼくたち。思ってることをちゃんといえないのは、なにもかけるだけじゃない。実はぼくだってそうだ。

だから「フライングＫＡＮＩ」も、かけるのまわりをずっと飛んでいた。
それは、言葉にならない言葉だった。

6

スタジオ練習日になったら、ガクとかけるは、またいつもの仲にもどっていた。きのう、なにがあったのって聞いてみたけど、ただ少ししゃべっただけだって。こいつらは、それだけで仲直りできるのか。だけど、マロとかけるは、どこかぎこちない。このあいだ、ケンカしたっていうのは本当のことなんだろうか。わたしの知らないところで、なにがあったんだろう。だれもちゃんと教えてくれない。わたしだって、バンドの一員なのに。

「文化祭がやばいねん」

髪《かみ》の毛をむしりながら、ガクがいう。

ガクは土曜の放課後、マロニーといっしょに文化祭の打ちあわせに出ていた。担当の先生と、文化祭でバンドをやるための話しあいをしていたみたいだ。今のところ、八十パーセントぐらいの確率でＯＫが出そうだって。公立の中学校でバンドライブをやるのはめずらしいから（となりの中学もダメだったみたい）、まあ、ＯＫが出そうなのはうれしかった。ただ、体育館を使えないっていうのは不満。ぶー。

しかたがないから、小さな武道場でやる準備を進めているらしい。ちなみに武道場っていうのは、剣道と柔道の部活の子たちが使う、板ばりの建物のことだ。すごく古くからあるそうで、半分は畳《たたみ》がしいてある。もちろん、ステージなんてない。

「なんでなん？」

貸しスタジオのろうかに置かれた長いベンチにすわって、わたしは聞いた。あと十分で中にはいる予定だ。前のバンドが練習している音が、防音ドアからかすかにもれている。練習曲は、たぶんレベッカだろう。そうじゃなかったらプリンセス・プリンセスとか。

「武道場を使うんはＯＫ出たっていうてへんかったっけ？」

「バンドやなくて、文化祭じたいが中止になるかもしらんねん。さいあくの場合」

「うそやー。そんなことあるかあ?」マロがいう。わたしもそう思った。

「やろ? でも、そうなるかもってさ。天皇陛下《へいか》によりけり」

「天皇陛下?」

ドアのそばで前のバンドの演奏《えんそう》を盗《ぬす》み聞きしていたかけるが、ベンチのほうへもどってくる。

「さっき天皇陛下っていうた?」

そのとき、天皇陛下は身体《からだ》の調子をこわして病院にはいっていた。テレビでは毎日、きょうは少し下血《げけつ》(下から血が出てしまうってことだ)があったとか放送していた。お母さんなんて、『もし天皇陛下がなくなってもうたら、次はなに時代になるんやろ』と心配している。メイジ、タイショウ、ショウワ、その次なにかしら……。

だけどわたしには、ぴんとこなかった。

それどころか、もし天皇が死んでしまっても、昭和っていうのは永遠に続く気がしていた。

「せやで、天皇」と、ガク。「もし病気がもっと悪くなったり、死んでもうたりしたら、中止になるかもしらんねん」

「天皇が死ぬのはえらいこっちゃけど、それと北中の文化祭と、どんな関係あんねやろ。天皇陛下って、北中のこと知ってんのかな?」

かけるにいわれ、知ってるわけないだろってガクが答える。そりゃそうだ。こんな田舎《いなか》の中学校のことをいちいち考えてるはずがない……あれ? というより、今は倒れて意識がなくなってるんだから、文化祭を中止させるなんてどうやって決めたんだろう?

不思議に思って聞いてみると、ガクはマヌケな顔で「えっ、天皇ってそんなにたいへんなの?」っていった。

「おれ、ニュース見てへんから。文化祭中止、天皇が決めたんかと思うとった」

「これは、あれやでガク」

マロは両足まで使い、ベースにしがみつくようなかっこうでいった。母ザルにしがみついている子ザルみたい。

「じしゅきせい……やな」

「じしゅきせいってなんやねん」

「天皇が倒れたから、お笑い番組とか減《へ》ってるんやで。そんなときにけしからんいうて、テレビ局が自分らで決めてん。週刊誌のエッチな写真も、あんま載《の》らんようになった。それもじしゅきせいでやってるんやって。うちのおっちゃん、たまに会社の帰りに買ってくるんやけど、夜中にこっそり見る楽しみなくなってもうた」

「じしゅきせいって、自分らでなんか規制するって意味やんか」

わたしがいった。「それやったらきっと、文化祭のことも北中が自分で決めたんちゃうのん。こんなときにお祭りはあかんって」

「なーんかおれには、よおわからん話やなあ。本人が決めてへんのに、なんでそうなるん？　今、なに時代や？　なんかこれ、戦争中の話みたいな気がしてきいひん？」

するなあ。ガクの言葉に、わたしもマロも深くうなずいていた。

かけるだけがなにか別のことを考えているみたいだった。自分のスニーカーをもう片方の自分の足で踏みつけながら、こんなことをいった。

「……天皇陛下って身体《からだ》からよおさん血が出てくんやろ。もう、ものすごい量の輸血してんやんな」

わたしがうなずく。けさのニュースでやっていた。今のところ、ぜんぶでなんＣＣを輸血しました、とか。

「ほんで、血液型はなに型なんやろ」

「かける」

ガクはかけるの考えていることを、もうわかってしまったらしい。あほ同士、頭の中も通じあっているのかもしれない。

「おまえ今、献血《けんけつ》にいこ思うてたやろ」

「げっ、なんでわかったん」と、かける。「だって、血がたらんとこまる思うて。文化祭のためにも、もっと長生きしてもらわなあかん」

「献血って、高校生にならんとできへんのやで。それにさあ、ずっと変やなって感じててんけど、おまえって天皇陛下が京都に住んでる思うてへんか。前にこの話したとき、なんか京都京都っていうとった」

「京都とちゃうの?」

かけるは本当に知らなかったらしい。真剣《しんけん》におどろいていた。

「だって、社会の教科書に……」

歴史は去年やった。かけるはきっと、明治維新《めいじいしん》のはるか前にざせつしてしまったんだろう。天皇陛下《へいか》は東京だ。

「せやからおまえ、京都までいって、みんなで献血《けんけつ》しようって考えてたな」

「どないしよ、ずっと京都やと思うとった。それやのに、なんで今までみんなと話が通じてたんや」

「かける、そういうことあるよ。ある。あたし去年まで、磁石のSって北をさす思うとったもん。スノーのSかなって」

そんなん、京都よりカッコええやんか! かけるはいった。どこがどうカッコいいのかわからないけど、とにかくわたしはかけるの肩をたたいて、まああってなぐさめてやった。

そうこうするうちに、重たそうな防音ドアがゆっくりとあいた。中から出てきたのは、高校生らしい人たちだった。全員、女の子のバンドだ。四人とも、わたしたちなんかよりはるかにうまそうに見えた。

　ドラムスティックをにぎった女の子が、こっちをじろりと見た。わたしは、目をそらしてしまった。マロも自分のベースをかくすようにしている。ガクとかけるは、そんなのなんでもない顔でさっさとスタジオにはいり、ぎゃあとか、ぐああとか、大声を出してスタジオの音響を確認していた。

　大島楽器の貸しスタジオは、音楽専門誌で見たようなスタジオとはだいぶちがっていた。社交ダンスの教室になるときもあるし、ピアノの発表会になるときもある、大きな音楽室みたいな場所だ。はしっこに置いてあるドラムセットも、あまりカッコのいいセットじゃなかった。それでも、やっぱりうれしかった。二時間だけ、ここで思うぞんぶん演奏《えんそう》できる。自分の家の防音室で、一人ドラムをたたいているのとはかなりちがう。

　わたしはさっそくドラムの調子をみた。マロのお兄ちゃんに聞いていたんで、バスドラムを打つためのフットペダルは自分のものを使うことにした。ここのはずっと前からこわれていて、ハードロックみたいに激しい曲は、ペダルが追いつかなくなるそうだ。

シンバルやハイハット、それにスネア。動かせるものはぜんぶ、自分の打ちやすい位置に調整した。左右の大きなシンバルのすきまからは、ガクたちがギターの準備をしているのが見える。いつものように、ギターからは長いシールドがのびていて（太いコードみたいなものだ）、アンプのところに届くまでに、いくつかの小さな機械につながっている。

二本のギターは、おたがいを意識しあっているようだった。

かけるのV字型をしたギブソン。ガクの鏡がついたフェンダー。二匹《ひき》（？）はまだぎこちなくて、おたがいをあだなじゃなく、名字でよんでいるみたい。ああ、どうもギブソンさん。やあこんにちは、フェンダー・ミラーさん――そんな二人を、マロの黒いベースが涼《すず》しい顔でながめている。

そう、これがバンド。わたしたちの、バンドだ。

「よし。ほんなら、なにからやるかなあ」

五分ほどすぎて、ガクがいった。楽器を調整するみんなの音がうるさいから、マイクを通してしゃべっている。「やっぱ、ガンズ・アンド・ローゼスかな」

「待った。ガンズはもうちょっと指が温まってからや。最初に、おまえらが前に練習したのやりや。おれも、とちゅうからちょこっと参加する」

それでまずはモトリー・クルー。それからこれは日本のバンドだけど、44マグナム。二曲を軽くやっているあいだにも、かけるはアドリブで参加していた。さすがにうまい。わたしは自分のドラムがへたくそにならないよう、ひっしになってたたいた。そのせいで、演奏《えんそう》が終わるともう、てのひらがジーンとしびれていた。力をいれすぎ。これじゃとちゅうから握力《あくりょく》がなくなって、スティックを落としてしまう。

「うーん、さすが大きな音が出んなあ。前にリリイの防音室を使ってやったけど、あれとはどっかちゃう」

ガクがマイクの音を調整する。「かなりマイクも大きくしとかんと、ぜんぜん聞こえへんのな」

「文化祭のときは、もっと大きな音になるで」とかける。

せやな。京都の天皇陛下《へいか》にまで届くかもよ——ガクはよけいなことをいったので、かけるにお尻《しり》をキックされていた。できるなら、わたしもけってほしいと思った。早く、緊張《きんちょう》がとけるから。

「よし、ほんじゃあいよいよ、ガンズ・アンド・ローゼスやるか。歌、ヘタっぴやけど、なんとか……」

えっ、もうやるの！　そんなことを思うまもなく、かけるがイントロをはじめてしまう。やっぱり早くやりたくてしかたがなかったんだ。

ギターの音は、レコードの音そのままみたいだった。もっとカッコいい。あっ。気がつくと、ドラムの仕事をひとつ抜《ぬ》かされてた。スティックをコンコンやってはじめるの、いちばん好きなのに……いや、そんなのどうでもいい。それより、わたしは緊張していた。やたらと、いろんなことが気になる。ダメだって思っても、緊張は止まらなくて、ぬるいコーラの泡《あわ》みたいにふくれあがってくる。

そのとき、ガクがイントロのセリフだけをいった。マロのベースとわたしのドラムもはいっていく。いよいよ、本格的に曲がスタートだ。

かけるの、ピッキング・ハーモニクスがきまった。キーンって金属っぽい音がスタジオにひびく。

そこからは大いそがし。わたしは自分のドラムのことで頭がいっぱいだった。たぶんみんなもそうだろう。これがガンズ・アンド・ローゼズかって、今までなんども家で練習してきたくせに、そう思った。置いていかれる置いていかれる、しっかり打たないと、力強く打たないと、置いていかれる……。

やがて、かけるのギターソロ。ガクもついてくるけど、ちょっとずれたみたい。これはたぶん、かけるのほうが飛ばしすぎだ。わたしのドラムにちゃんと合っていない。わたしのドラムも、うまいリズムをたたけていない。かけるに合わせてあげようとしたら、こんどはガクとマロがずれだした。

そうだった。ドラムがふらふらしたら、演奏《えんそう》がぴたっと合うわけがない。バラバラの三人をつないでいるのが、このわたしなんだから。わたしがしっかりしないと、ただの雑音みたいになってしまう。保育園の合唱みたいに、みんな好きかってに唄《うた》ってるだけ……。

それからは、できるだけ自分のペースを守ってドラムを打ち続けた。でも、だんだんみんなとずれてくる。もう、かけるとも合っていない。ガクともマロとも。

わたしのドラムだけがずれていた。

ガンズ・アンド・ローゼスなんて、まだムリだよ！

さけびたかった。でも、スタジオの中じゃ聞こえるはずがない。頭の中はまっ白。数学のテストがはじまる瞬間《しゅんかん》、よくこんな感じになるけれど、きょうのはもっとひどかった。

防音ドアをあけると、次のバンドが待っているようだった。わたしたちと同じ北中の子みたいだった。でも、全員、男子だからよくわからない。衣《ころも》がえまで、どこの学校の男子たちも白いシャツを着るせいだ。

きっと、自分のヘタくそな演奏《えんそう》を聞かれてしまっただろうな。それがはずかしくてたまらなくなって、ほかの三人を待たずに、わたしはさっさと階段をおりていった。

やっぱりさっきの三人は北中の子だったみたいで、ガクたちはなかなかおりてこない。友だちの少ないかけるだけはおりてきたけど、わたしにかまわず、一階で売っているギターの弦《げん》やピックをながめていた。かける、怒っていたのかも。

そのうちみんなおりてきたから、スタジオのお金を払って、やっと外に出ることができた。ようやく、空気を吸った気がした。

「ほんなら、また月曜な」

ガクがそういうと、みんなオウといってバラバラになった。大島楽器は駅前にあるから、ここからだとかけるとマロ、わたしとガクで帰る方向がちがう。それでしばらく、ガクのうしろからとぼとぼとついていった。ゆるい坂道だったし、ずっと下をむいていたから、ガクのコンバースのかかとばかり見えた。

「リリイは歩くの遅《おそ》いな。荷物、軽いのに」

でも、わたしの背中にはずっしりと重いものがのしかかっている。一年生のとき、はじめて陸上部の部室のドアをあけて感じた、よくわからない重たい気持ちに似ていた。どうしようって気持ち。家に帰りたい気持ち。

「いやー、きょうは面白かった。でもおれら、もっと練習せんとあかんな」

わたしを待つように、ガクがふりかえる。しかたがないから並んで歩くことにした。

「おれの歌、むちゃくちゃやったわー。マロに笑われた。なんか、『エキサイトじじい』って聞こえるところあるでって。ガンズの歌やのに、エキサイトじじいってなあ。かけるのじいちゃんのこと思い出して、めっちゃ笑ってもうた」

「……あたし」

「あん?」

「あたし、ドラムさいあくやった。かけるも怒ってるみたいやったし。きょうはほんまごめん」

「さいあくってことはないやろ。それにみんなはじめてガンズやったんやから、しゃーない。正直おれなんて、リリイのドラム聞いてるよゆうもなかったし。かけるもそういうとったで。ほら、あいつはバンドでやるのはじめてやから、ドラムに合わしたりするの慣《な》れてへんやん。あいつも、リリイにあやまらなっていうとった」

「ウソや」とわたし。「でも、ありがと」

ウソって、なにがウソやねん。ガクは顔をしかめていった。わたしはそれ以上なにもいわないで、だまって歩いた。

歩きながら、夕日で熱くなった歩道をながめる。ふと、夏のプール授業を思い出した。プールサイドで〝こびとの足跡《あしあと》〟をつくって遊んだときのこと。ぬれた手をグーでスタンプして、そのあと指先の水をチョンチョンってつければ、こびとの足跡になる。いくつもつくれば歩いているように見えるけど、すぐに乾《かわ》いてなくなってしまう小さな足跡たち。

今、自分の足跡はどんな色をしてるんだろう。わたしは考えた。

きっと、ブルーだ。もうダメって気持ちでできたインクだから、ブルー。太陽ぐらいじゃ消えない、しつこいブルー。

もう少し歩こうかな。ブルーが淡《あわ》くなってくるまで。

「ガク、もう帰る？」

「まだ五時半やもんなー。腹《はら》も減《へ》ったけど、夕飯食べるにはちょっと早いわな」

「ほんなら遠まわりして、つつじ公園の中とおっていかへん。あそこ、たこ焼きの屋台が出てるから」

「あー、あそこか。ほんならいこか。はちまきのおっちゃんが焼いてたら買お。若い兄ちゃんが焼いてるときは、まずいから買わへん」

そういったとたんに、ガクのお腹《なか》がグウと鳴った。これじゃあ、はちまきのおっちゃんが焼いていなくても買うんじゃないかなって思いながら、わたしたちはつつじ公園にいった。

つつじ公園はやけに細長い公園で、くしにさしただんごみたいな形をしている。わたしはよく蚊《か》にさされるから、木の少ないまん中の公園（だんごの二番目）にあるベンチにすわった。

「あのおっちゃんは、ネギをようさんいれてくれるからええな」

屋台のたこ焼きは、はちまきのおっちゃんが焼いていたんで、ガクはすぐに買った。つまようじを一本もらって、わたしもいっこ食べた。

食べ終わると、はあって、ため息が出た。

「まだ気にしてるんか。きょうあかんかったの、ほんまはおれら、男子のせいやねんで」

「そこまでなぐさめてもらわんでもええ」

「いやほんま、男子三人が合ってへんかった。一人一人はあるていどできとったけど、三人がぜんぜんそろってへんねん。とくにベースとギターが」

「だってそれは、ドラムが」

わたしは、たこ焼きの上のかつおぶしを、じーっと見た。かつおぶしはダンスを踊《おど》っていて、とてもよくそろって見える。わたしたちのバンドとは大ちがいだ。

「とにかく、おれらがあかんかった。男子のせいやで」

「そうやガク。こないだのこと、どうなったん？　マロとかけるのこと」

なんだかガクは説明したくなさそうだった。でも、わたしだって同じバンドのメンバーなんだから聞く権利ぐらいはある。それで、むりやり答を聞いた。残り少ない歯みがき粉をしぼるみたいに、ぎゅーっと、答をしぼりだしてやった。

「……そんなことがあったんか。せやからあの二人、あんましゃべらんかってんな」

「そ。だからきょうもうまくいかんかったの。かけるはうまいから一人で飛ばしてまうやろ？

そうなったらおれがついていけへん。演奏《えんそう》もガタガタになるねん。でもマロはかけるに合わそうとせえへん。ガタガタになったおれに合わせるもんやから、ギターソロのところからおかしくなる。なんべんやってもそうやった」

「みんなで、ドラムに合わせればええやんか」

「正直いうけど、そのドラムもおれらの音に引きずられて、ソロのところからリズムがくずれとった」

「ちぇっ。やっぱりそっか」

足を前に投げだす。自分でもわかっていたんだけど、ガクにはっきりいわれるとつらかった。

「リリイはそんな落ちこまんでもええやろ。それに、こんどはもっとうまくやるで。おれはちゃんとかけるについていけるようにするし、かけるにはもっと全体を見てもらう。マロには、おれだけじゃなく、おれとかける二人の音に合わせてもらわんと」

「あたしは?」

「リリイはこのゴミ、捨ててきて」

ガクがたこ焼きの空《から》の容器をさしだした。いつものように肩をどついてやる。だけど、ただそれだけのことで、なんだか気分がよくなった。ガク、ありがと。もう口に出してはいわないけどさ。きょうのぶんのありがとうは、さっき使い終わってる。

「そういうたらきょう、かけるガンズ・アンド・ローゼスのレコード持っとったん見た？」

ガクの口には、かつおぶしがくっついていた。「あれな、女からもらったんやって。ええなあ、それ。彼女でもなんでもない子にやで」

サトミだ。なんてすばやい行動。きっと、かけると話を合わせるためにレコードを買って、自分のぶんはテープにダビングしたんだろう。そうすればレコードもプレゼントできて、話も合わせられる。一石二鳥《いっせきにちょう》ってやつか。よくそんなこと思いつくなあとあきれるのが半分、さすがサトミだよなあと感心するのが半分だった。

「それたぶん、わたしの知ってる子やと思う。かけるの好きなバンド教えてって聞かれたから」

「その子、かわいいん？　かわいいんやったら、おれの好きなバンドも教えといて」

ガクは笑いながら、そばにあったゴミ箱にたこ焼きのパックをシュートした。でも、風がふいてはずれる。すると、わざわざ立ちあがって、ゴミ箱にいれなおしてもどってきた。どうせちゃんといれる気なら、最初からふつうに捨てればいいのにと思うけど、ガクはゴミを捨てるとき、必ずこうやってシュートするのだ。

たまに遠いゴミ箱にはいると、ぜったいに「三点」っていう。きっと、バスケの三点シュートのことだろう。

「でもガクってさあ、どういうのがかわいいって思うん。アイドルやったら」

「おれ、そこまで芸能人くわしないからな。ハードロッカーやもん」

「ほんなら学年の中で」

またこんなことを聞いている。最近のわたしは、いつもこうだ。

だれかのことを好きになるってことは、つまり、質問がたくさんふえるってことなんだなあ。幼稚園児《ようちえんじ》みたいにふえる。なにが好き？　なにがきらい？　なにを食べた？　なにを見た？

そしてやっぱり幼稚園児みたいに、質問の答をいちいち指でさわってみたくなるんだよ。それは優《やさ》しい答なのか、きびしい答なのか。温かい答か、冷たい答かって。

うまく説明できないけど。

「学年でだれ？　好きとかは別でええから、かわいいって思う子は？」

「じゃあ、リリイ」ガクはそう答えた。「好きとかは別にして」

「あんた、しばくで」

夕焼けの空を、飛行機が飛んでいった。ガクはにやにやしながら、しばらくそれをながめていた。わたしがおろおろしてるのを楽しんでいるつもりだろう。ぜったいに、そんなそぶりなんて見せないのに……そぶりっていうか、おろおろなんてしてない。

だから自分も、じっと飛行機を見つめてやった。

飛行機が雲のはしっこにかくれると、ガクが「ほんなら」って口をひらいた。

「ほんなら、リリイが好きな人ってだれよ。カッコいいとかは別にして」

「聞きかたが逆やん。よけいいいわれへん」

「だって、カッコいいとかかわいいとかは、どっちでもええやんか」

「だからあたし、そう聞いたんやろ」

「おれは質問に答えたで。こんどはリリイが教えろ」

「やだよ」

どうしてだか、胸が鳴っていた。そのことをごまかすために、つま先で土に落書きなんてしている。四分音符《しぶおんぷ》を書いたつもりだったけど、スニーカーの先だとうまくいかなくて、ただ穴《あな》を掘っただけみたいになった。

教えて教えて。いやだ、なんでわたしのなんか知りたいの――しばらくそのくりかえし。その日のガクがあんまりにもしつこいから、少しだけ、ほんの少しだけこんなことを思った。

こいつ、もしかしてわたしのこと好きなのかも。

でも、もしそれが本当だったら、わたしと両思いになったりする？　えっ、でもわたしはガクのことが好きなのかどうか、まだ、わからないんじゃなかったっけ……ウソ。今さらわからないなんて、ウソだ。でも、よっぽどじゃないといえない。もしわたしとガクで好きな人がずれてたら、バンドのときにこまる。両方ともずれてたらいいけど、片方だけちがったら、どうすればいいかわからない。マロとかけるでたいへんなときに、そんなことまで重なっちゃったら、そく、バンド解散《かいさん》だよ。

でもガクはあほだから、そこまで頭がまわらないみたいだった。

「なー、ええやんか。教えてよ。せっかく二人だけやねんし」

「しょっちゅう二人だけのときあるやろ」

そういってから、なんだか変なことをしゃべってしまったような気がした。いつも二人でいるじゃないって、自分からいってしまったみたい。どうしてだか、おでこのところが熱くなった。

「……もう、しつこいなあ」

わたしはついにそういった。「ほんなら、ぜったいだまっとく？　ほかの子にいうたらバンドやめるからな。それどころか絶交する」

「わかった」

「それにガクのも教えや」

えー、いややわ。ガクはむちゃくちゃなことをいった。そんな、片方だけ教えるなんて損なだけじゃない。反論したら、どうしようかなあってこまっていた。こんどは自分が、好きな人を教えろってしつこくしてるみたい。

だけど教えろ。こっちはもう、かくごしたんだぞ。

「だってなあ」

「ほんならこうしよう」

わたしはカバンの中から、バンドエイドを二枚取りだした。一枚は青いやつ。もう一枚は水玉模様《もよう》のやつ。片方をガクにわたしてから、こんどは細書きのペンを取りだした。いろんな場所に書けるタイプのものだ。

「口でいうのいややから、おたがいそこに書こ。あっ、そことちゃうってば。シールの内側やんか、あほ」

「シールの内側?」

「書いたらまたくっつけて、バンドエイドをこうかん。おたがい、家に帰ってから見よう」

どうしてわざわざバンドエイドに書くんだよ。ガクにいわれたけど、女子のあいだではそうするのがはやっていた。それにメモよりも、シールの裏っていうのがいい。めくってわかる秘密っていうのがよかった。

わたしはガクにぜったい見られないよう、小さな字でコソコソと名前を書いた。終わってからガクにペンを貸すと、こいつもコソコソと名前を書いていた。

二人してバンドエイドをこうかんすると、それじゃあ、ぜったいに家に帰ってから見ることな、ぜったいに約束なっていってベンチを立つ。もう、家に帰るつもりだった。わたしは公園を奥《おく》までつっきったほうが近いし、ガクは少し引きかえさないといけない。だからここでお別れ。

それに、バンドエイドを持ったままのガクと、これ以上いっしょに歩いたりしたら、そのうち心臓が飛びでて死ぬ。

「おい、その前にリリイ」

「ん?」

「きょうの練習、ほんまに気にすんな。もっと練習して、また来月、スタジオはいろや」

そうかあ。もう九月も終わりだもんな。わたしは、ガクにもらったバンドエイドをポケットにいれながら、暑かった九月のことを考えた。きょうだってまだ暑いのに、もうすぐ衣《ころも》がえの日がやってくる。冬のセーラーで紺色《こんいろ》になる。

わたしは涼《すず》しい夏用のほうが好きなくせに、去年も、そろそろ冬のが着たいなあと九月に思ったっけ。あきっぽいのかもしれない。

ガクはどっちが好き？　わたしの夏用のセーラーと、冬の紺色のセーラー。

いつまでもそっちが好き？　きみは、あきっぽい人じゃない？

たとえばもし、だれかを好きになったら、いつまでもその人が好き？

わたしはまた心の中で、幼稚園児《ようちえんじ》みたいに質問をくりかえしていた。

7

さっきからずっと、体操《たいそう》すわりをしているぼくの頭に小石が投げられていた。グラウンドの土にまじっている、小さな石だ。
投げていたのは、かけるだった。でも、こいつのたいくつな気持ちはよくわかる。体育祭が近いからって、最近の体育の授業は、組み立て体操の練習ばっかりだもの。しかも、背がわりと高いぼくや、とても高いかけるは、練習っていったってどれも同じだ。おさえてやるか、肩車してやるか、両手足を踏《ふ》んばっているか、とにかくだれかの土台になるだけ。小さいマロのことが、うらやましいぐらいだった。
ただしこの日、本当にたいくつなのはかけるだけだった。ぼくには、いろいろと考えることがあったのだ。

あのとき、ぼくとリリイはバンドエイドをこうかんしてから別れた。そこでバイバイっていわれたんで、一人ぐずぐずと公園の入り口にむかった。すると、リリイがすごい勢いでもどってきた。クラス対抗リレーのときでも、あんなに速くは走れないだろう。

「やっぱバンドエイドかえして！」

「えっ、なんで？」

リリイは、はなくそみたいな色になったバンドエイドを見せた。さっきぼくがわたしたやつだ。ペンのインクが、丸めたバンドエイドからもれている。絵の具をサンドイッチにしたようだった。

「あんた、ちゃんと乾《かわ》かさんとシールくっつけたやろ。そんで、ものすごい強くおしつけたやろ。ペンのインクぐちょぐちょになってて、こんなん、なに書いてんのかわからへんやん」

ごめん。と、いいかけたとき、ふと思いついた。

「あっ、リリイめ。家帰る前にあけたな？　おまえから約束してきたくせに」

「約束なんてどうでもええから、そっちかえして」

リリイはぼくに飛びかかってきたかと思うと、人のポケットに手をつっこんで、中のものをさがした。黒いサイフが地面に落ちる。いそいでひろおうと思ったけど、重たいギターをかかえてるからリリイに負けた。

リリイがサイフを目の前にかざす。

「バンドエイドかえして。せやないと、あんたのサイフどうなっても知らんで」

「ずるしといてよおいうわ。ま、おれかって見たからおあいこやけど」

「えっ！　もう見たん？」

ウソだった。だから、「冗談《じょうだん》だよって教えてやったら、こんどはキックしてきて、「かえしてくれんとほんまにこまる」って騒《さわ》ぎだした。半泣きだった。

あんまりうるさいんで、そのサイフの中にはいっているよって教えてやった。

リリイはいそいで中身を調べ、バンドエイドをさっと抜《ぬ》きとった。

「こんなん、やめ」

二枚のバンエイドをぐちゃぐちゃに丸めると、リリイはそれをたこ焼き屋台のわきにあるゴミ箱にほうりこんだ。ふざけてゴミ箱から取りだすふりでもしてやりたかったけど、ソースがつくからできなかった。

「ちぇっ、なんやねんリリイは」

「ガクがちゃんと乾《かわ》かさんから悪いねん」

そんなこといったって、バンドエイドのシールをメモのかわりにしたことなんて一度もないんだから、しかたないだろ。だいたい、家に帰る前にあけたのはそっちだ。

文句をいってやろうと思っていたら、ぼくたちのうしろから声が聞こえた。なんや二人は仲がええなあ——たこ焼きのおっちゃんだった。はずかしくて、さっさと別れた。

正直、今になってみるとおっちゃんに声をかけてもらって、ざんねんな気もするし、ほっとしたような気もする。

そりゃあ、リリイの答は知りたかった。

だってぼくは、あのバンドエイドにリリイの名前を書いていたから。でも、ベンチで別れたとたん、あんなこと書いてよかったのかとも悩《なや》んでいた。こんなことを書いて、もしかしたらバンドがバラバラになってしまうかもしれないって。

けっきょく、どっちがよかったんだろう？　あれからのぼくは、ひまな時間があると、たいていこのことを考えている。そして必ず、考えていると胸のところがむずむずとした。身体《からだ》の中に、桃の種ぐらいの大きさをした「むず」が二匹《ひき》いるみたいだ。リリイのことを考えると「むず」は、ぼくの心臓をぎゅーっとつかんでくる。もう一匹の「むず」は、胃袋《いぶくろ》を上のほうに持ちあげてくる。それが「むず&むず」の仕事だった。

「……ガク。またバンドのこと考えてんか」

ぼくのとなりにすわってから、かけるは小石を投げてこなくなった。人の肩の上に立ってつくる〝三段タワー〟の練習待ちのとき。生徒が一度にやると、先生に見てもらうまでに時間がかかって疲れてしまうから、全体練習のとき以外は半分ずつやる。

「土曜日、二度目のスタジオやもんな。楽しみやー。新しい弦買《げんこ》うて張《は》ってこかな」

「ああ、弦なあ。ヘビーゲージな」

バンドのことなんて、ぜんぜん考えていなかった。家での練習だって、最近さぼり気味だ。みんな、ちゃんとやってるんだろうな。リリイだって、前にあれだけ落ちこんだぶん、こんどはもっともっと練習してくるだろう。

ぼくは、きゅうに自分がダメ人間に思えてきて、体操《たいそう》すわりをしている足のあいだに顔をつっこんだ。そこだけ日かげになっていて、まるで、どうくつみたいだ。ダメ人間の住んでいるどうくつ。

「おいガク、なんやのん。ここんところ元気ないな。なんかあったか」

なんも。それしかいえない。

「なんも、やわな」

「日射病《にっしゃびょう》か？　十月やで、今」

かけるはそういうと、ぼくをなんとか元気づけようと、べちゃくちゃと話しだした。ほらほら、マロがタワーをのぼってる、サルなみに速いで、サルマロや。ほらほら、女子がグラウンドのむこうで全体ダンスの練習してる。あのポンポンって、つくるとき気持ちええやんな。ブラシ使ってやるねんな。ほらほら――

「かける」

顔をあげた。こんなに苦しい気分だったら、もういっそのこと、かけるに聞いてもらったほうが楽になるんじゃないかと思って。

「あんな、おれ……」

「あっ！　つむじ風できてる！」

とつぜん、かけるは大声でグラウンドのむこうを指さした。たしかに小さなつむじ風ができていて、生き物みたいにこちらへと近づいてくるところだった。

「こっちきたらええのに、こっちきたらええのに」

かけるはなぜかこうふんしていた。「つむじ風、けったことある？　ある？　おれあるで。半ズボンのままでけちらしたったら、すねが切れた」

やっぱりこいつに話したってムリだよな。ぼくはそう思って、またダメ人間のどうくつの中にかくれた。

ところで十月は、神無月《かんなづき》ともいう。神様のいない月。

でも、十月がつまらないのは、神様のせいじゃなくて九月のせいだ。長い夏休みが明ける九月っていうのは、友だちもみんな新鮮《しんせん》に見えるし、話したい話題もたくさんあるし、テストもない。めんどうな行事っていえば、避難訓練《ひなんくんれん》と身体測定《しんたいそくてい》ぐらいだから、そりゃあ学校だって楽しく感じる。

ところが十月になると、なんだかあきてくる。新鮮だった学校は、いつもと変わらなく見えてくる。友だちはいつもどおりだし、夏休みの話題はぜんぶ話してしまった。先に楽しみすぎちゃったんだな。チュウチュウとかパピコとかをあわてて吸ってしまうと、最後に味のない氷が残ってしまうのと同じことだ。十月は、あとに残った水っぽい氷の味。

しかもこの月はいそがしい。中間テストと体育祭がある。月末には文化祭だ。

生徒を殺す気か。この世には、神も仏もいないのか！……こういう中学生のさけびから、〝神無月〟って言葉は生まれたんじゃないの。冗談《じょうだん》だけど。とにかく、神無月はたいくつでいそがしい。面白いことは少なくて、やらなくちゃいけないことばかり多い。

ところがその年のぼくは、わざといそがしいことを選んでやっていた。とくに文化祭にむけての準備なんか、いろいろとすすんで参加した。もちろんバンドに関係することが中心だったけど、たのまれるとほかのことも手伝った。

学校行事をできるだけさぼるっていうのが目標だったぼくが、どうしてそんなに手伝っていたか？

ひとつは、いそがしくしてればリリイのことばかり考えなくてすむからだ。

もうひとつは、いい評判《ひょうばん》をたてたかったから。ほかの女子から、リリイに伝わったらいいのにって思った。ばかだね。わかってるけど、どうしようもなかった。

「今週、ガクはいろいろいそがしそうやったな」

土曜日の夕方すぎ、もう夜になりそうってころ、ぼくはリリイといっしょに歩いていた。スタジオへむかっているさいちゅうだった。

文化祭が近づいてきたせいか、地元にたったひとつしかない大島楽器のスタジオは大人気で（たぶん高校生たちだ）、六時からじゃないと予約を取ることができなかった。で、かけるとマロは一度家にもどって、着がえてからくることになっていた。ぼくだけ、文化祭の準備で帰る時間がないから、ギターは朝のうちにリリイの家に置いてもらっていた。学校にギターを持ちこめないから、ほかに方法がない。

いつもなら、ぜったいにこういう――どうして学校にギター持ちこみ禁止なの？　私物の持ちこみは禁止って校則で決まっているからだって？　休み時間に弾《ひ》くわけじゃないんだから、会議室かどこかで預かってくれるぐらいいいじゃないか。文化祭で使う道具でもあるんだぞ。

だけど今は、いつものぼくじゃないので、こう思った――学校ばんざい。校則ばんざい。私物の持ちこみはぜったい禁止ですよね。だから、しかたなくリリイの家までもどって、本当にしかたなく二人でスタジオまでいっしょに歩くことにします。めんどくさくたって、規則は守らなきゃ。だから二人で歩きます。

「きょうは遅《おそ》くまでなにやってたん？」リリイが聞いた。

「参加するバンドのプリントづくり。マロニーとずっといっしょやった」

ぼくは木曜日に、昼休みの放送を使って、文化祭に出場するバンドをよびかけた。文化祭は生徒全員のものだから、公平に参加しないとダメだって先生にいわれたからだ。だけどライブはたった一時間しかできない。そこで木曜日の昼によびかけて、金曜日の昼にはしめきってやった。そうすれば参加するバンドは少なくなり、ぼくたちの演奏《えんそう》時間がふえる。

それでも、ほかのバンドたちに二組も応募《おうぼ》されてしまった。

ひと組目は、三年の女の子だけのバンド。吹奏楽部《すいそうがくぶ》のメンバーでつくったバンドで、全員、本物の楽譜《がくふ》が読めるっていうのがじまんだった（ちなみにぼくたちは、もっと簡単《かんたん》な、TAB符《ふ》っていうのを使っている）。もうひと組は、一、二年がまじったバンド。こいつらはたぶんパンク・ロックをやると思う。ノリを重視で選んだようなメンバーばかりだったから、楽譜どころか楽器が弾けるのかどうかもあやしい。

「ほんま、応募を一日でしめきっといてよかったわ。武道場、たった一時間しか使えへんのやもん、これ以上バンドがふえたらかなわん」

「そろそろあたしらも、ライブでやる曲を決めなあかんな。準備いれても四曲ぐらいできるんやろ？」

こっちをむいたリリイのまつげが、夕日のせいで金色に光った。

きれいだった。

そういうのが「きれいだな」って思えたとき、「きれいだね」っていってもいいのは、なん歳《さい》ぐらいからなんだろうって、ぼくは考えた。十六ぐらい？　十七ぐらい？　もっと上？　ぼくたち、その歳《とし》になったときも、まだいっしょにいるんだろうか。

それとも、なにか別のことに夢中になっているんでしょうか。

「なんやのん」

じっとまつげを見ていたら、リリイにしかめっつらをされた。別になんも、と答えておく。また、なんもだ。最近の口ぐせになっている。

スタジオにつくと、もうかけるとマロがきていた。ろうかのベンチに、少しはなれてすわっていた。

「夜のスタジオってのも、ええな」

ベースの準備をはじめながらマロがいった。窓《まど》ガラスを鏡がわりにして、自分の姿を映《うつ》している。

「こっちのほうが、なんか本物っぽい」

「マロ、カーテンしめてや」と、リリイ。「外から丸見えになるやん」

「見えたほうがええやん」

マロは反論したけど、リリイにはかなわなかった。けっきょく、広いスタジオのカーテンをぜんぶしめてしまう。すると急に、スタジオっていうより、塾の教室みたいになった。

前とはちがって、きょうは最初からガンズ・アンド・ローゼスを演奏《えんそう》する。緊張《きんちょう》も前よりは減《へ》っていた。

ついでに自分たちの演奏をあとでチェックするために、ウォークマンもまわした。マロの持っている、内蔵マイクで録音もできるタイプのやつだった。最近のぼくはリリイのことばかり考えているダメ人間だったけど、録音されていると思うと、集中してギターを弾《ひ》くことができた。かけるに対抗してぜんぶヘビーゲージの弦《げん》を張《は》っていたのに、ピックが引っかかったりもしなかった。みんなほどじゃないにしたって、それなりには練習していたから、なかなかのものだ。英語の発音もまあまあ。少なくとも、前みたく「エキサイトじじい」なんて聞こえないだろう。

三曲演奏《えんそう》したとき、一度録音を止めて、自分たちの演奏を聞いてみることにした。時間がもったいないんで全員で聞きたかったんだけど、ウォークマンだからできない。スタジオのスピーカーとつなぐにも、プラグのサイズがちがうんで、一人ずつ聞くしかなかった。

で、ぼくが聞く順番は四番目だった。順番がまわってくるまで、自信のないところを個人練習した。ギターのストラップも調整した——ストラップは短くして、ギターを胸のあたりに近づけたほうが弾《ひ》きやすい。でも見た感じは、腰のへんまでさげたほうがカッコいい。そしてライブってのは、演奏がうまくて、見た目もカッコよくないといけない。だから高すぎず、低すぎないようにしなくちゃいけない。

ぼくは、カッコよさを確認するために、窓《まど》のカーテンを一枚だけあけて、マロのように鏡に映《うつ》していた。するとそこに、かけるが近づいてくるのがわかった。あほのかけるが、めずらしく難しい顔をしていた。

なんだよと思ってふりかえると、全員がこまった顔だった。

「なんやねん、みんな」

聞けばわかるといわれて聞いてみた。

聞いたら、わかった。

ぼくたちは、ぜんぜん進歩していなかった。そりゃあ、個人はうまくなっている。かけるのギターはいうまでもないけど、リリイのドラムも前みたいにリズムがくずれたりしていない。マロのベースも、最初から最後までまとまっていた。

だけど、テープに録《と》って聞いてみると、前よりもなにかが悪くなっている。そう、みんなそれぞれにうまくなっているのに、四人はぜんぜんそろっていなかった。演奏のうまいやつらが四人集まって、好きかってに演奏しているみたいだ。これじゃあ、楽器のできる四人でしかない。バンドとはちがう。本物のガンズ・アンド・ローゼスには、あまりにも遠かった。

ひとつのバンドにならなきゃ……でも、その方法は楽譜《がくふ》にも載《の》ってないし、音楽雑誌にも書いていない。

ぼくは録音したテープを聞き終わって、イヤホンをはずした。そのときになってもまだ、みんながこっちを見ていた。そうだ、ぼくはバンドのリーダーだったなって思い出すのに、しばらくかかった。リーダーなんだから、なにかいわなくちゃ。

「ううん、まあ、なかなかええほうやんな」

「……せやろか」

めずらしくマロがいちゃもんをつけた。「なんか、よくないい気いする。バラバラや。前よりひどいかも」

「そんなことないで。こんだけできたらええほうやんか」

「でも」

「なんやねんマロは。だいたい、ガンズ・アンド・ローゼスそっくりにできるわけないやろ」

そりゃあそうだけど、とマロがいった。ベースの弦《げん》をなでるようにしている。なぜか、前にマロのベースをさわらせてもらったときのことを思い出した。いちばん太い四弦は、トカゲの尻尾《しっぽ》みたいな感触をしていた。

「たしかにおれは、文化祭の準備で練習時間もたらんかったたし、もうひとつやろうけどさ。でも、前よりはええやろが。おれらやったら、これでもじゅうぶんやって」

なんとかしてみんなをがっかりさせないよう、ぼくは言葉をさがしていた。なにかいいところがあるはずだ。

「北中でやったらいちばんかもよ」

「でも。おれもやっぱ、マロのいうとおりって気いする」

こんどはかけるだった。仲があまりうまくいっていないやつにそんなことをいわれて、マロまでおどろいているようだった。「全員演奏《えんそう》はよおなってるけど、バラバラはバラバラや。ひとつの曲には聞こえてこやへん」

「なんやねん、かけるまで」

助けてもらおうかと思ってリリイを見た。そうしたら、シンバルの位置の調整をしていた。というより、調整するふりをしていた。

「リリイはどう思う」

「あ、あたしにはまだわからんけど、とりあえずもうちょっと練習しよ。時間もったいないし、なんどもやったらぴったり合ってくるかもわからんやん」

リリイがそういうと、かけるがギターをかまえた。するとギブソンのフライングVは、矢印みたいに天井《てんじょう》をさした。天井がなかったら、夜じゃなかったら、きっと空をさしていたはずだ。太陽をさしていたはずだった。

もっとうまくなれる。もっとやれる。ギブソンは、そういっていた。

『こんなぐらいでええねんなんて、あまっちょろいこといってんちゃうぞ。もっとやらんかい。もっとがんばらんかい。おまえらががんばらんのやったら、おれかってもう協力せえへんからな。おれのこと、だれと思うてんねん……』

かけるがギターの調子をみた。そのとき服に当たって、弦《げん》が鳴った。メロディでもなく、雑音でもないその音は、ぼくにしゃべりかけるギブソンの声だった。

『おれは、ギブソンやぞ。ギブソンのフライングVやぞ。ええ曲演奏《えんそう》するために生まれてきたんじゃ。ぬるいこというな、ぼけ』

「……ガク、ええか?」

準備を整えたかけるが、ぼくにいった。「とにかく、時間いっぱいやろや。金もったいない」

「わかった」

ギターを持った。

気分の悪いまま、練習をはじめた。

駅前デパートの広場には、ロックなヒヨコがいる。身体《からだ》の色がまっ黄色で、目がまっ青で、くちばしがまっ赤なヒヨコは、二十円いれるとぶらぶらゆれた。でも、それが動いているのを見たことはない。みんな、ベンチがわりに使っているだけだ。

スタジオ練習が終わり、夜になり、明かりが半分になったその広場で、ぼくとかけるはフライドポテトを食べていた。マクドナルドのポテトみたいにカッコいいやつじゃない。デパートの一階にある店「モンモン」で買った、太くて味けのないポテトだ。そこはたこ焼き以外はぜんぶまずいんだけど、お腹《なか》の減《へ》っていたぼくは、たった二百円を持って食べ物を買いにいったわけだ。その値段で買えるのはポテトしかない。

閉店の準備をしていたんで、ぼくは、二百円で買えるだけちょうだいって店のおばちゃんにいった。ひと箱、百六十円。だけど、おつりの四十円ぶんでも多く食べたかった。文化祭の準備のあと、ちょくせつスタジオにいったんだから、腹《はら》が減っててとうぜんだ。

「残りぜんぶあげるから、手え出し」

店のおばちゃんはいった。モンモンの制服を着ているけれど、顔はどこか、おかざき商店のおばちゃんに似ている。

「熱くないから、手え出し。ぜんぶあげる」

「なんで手がいるのん」

「ポテトはどうせ捨てるからええけど、いれもんの紙は明日も使うやろ。せやから、手え出し。いれもんはいっこだけ。あとは手や」

むちゃくちゃいうなあ。でも、世界中、どこのおばちゃんもむちゃくちゃいうもんなあ……

そんなことを考えているとき、両手を皿の形にしてぼくを助けてくれたのがかけるだった。

そして今、ロックなヒヨコの上にすわって、おばちゃんのくれた山盛りポテトを食べていた。フライヤー（ポテトを揚《あ》げる機械だ）のすみっこで焦《こ》げすぎたやつとか、小さすぎるやつとか、いろんな味がまじっていておいしかった。そりゃあ、マクドナルドのポテトには負けるけどさ。

「ガク。きょう、怒った？」

まじめに話していても、かけるはばかみたいだった。そりゃあそうだ、両手を皿みたいにして、ポテトをいれたままだもの。ケースにいれたギブソンも、きっとあきれていることだろう。

「でもおれ、やっぱマロのいうとおりやと思った」

かけるがこっちを見ている。ぼくはちょうど、紙にいれられたほうの山盛りポテトを食べ終え、広場のすみのゴミ箱にむかって、丸めたゴミを投げるところだった。かなり遠かったけど、みごとシュートできた。

三点。

「かけるは、いつからマロと完全に仲直りしたんや」

「してへん。その話と、きょうの話は別やん」

そんなもんかい。ぶすっといってやったら、かけるは心配そうな顔で、もう一度「ガク、怒ってっか?」と聞いてくる。

「怒ってはいいへんけど、おまえらみんなかってすぎる」

ヒヨコを少しゆらした。かけるの手に山盛りにされていた、いちばん上のポテトが地面に落ちた。

「あれ以上、どないせえっちゅうねん。練習時間かってたらんし、おれはますます時間ないし。せやのに、おれにばっか文句いう」

かけるがだまっている。ぼくは調子にのった。

「ひとりでアップアップや。こんなやったら、文化祭なんて参加せえへんかったらよかった。つーかバンドも」

「でも、おまえがやりたかったんやろ。それにもう、はじまってもうたで」

「なんじゃそれ」

「みんなガクにたよってる。しんどいやろけど、がんばらんと」

「かけるは簡単《かんたん》にいうの」

「だって、おれのこととちゃうねんもん」

かけるが笑った。また、頂上のポテトが落ちた。

「たまらんなー」と、ぼく。「ほんま、バンドのリーダーってのはきびしいもんや」

「でも、きょうの演奏《えんそう》はやっぱりあかんかった。どこか直さんと」

「わかってる。わかってるけど、みんなを元気づけよう思うてあいったの」

「よかった。ガクらしくないなって思うとった」

そして、かけるはつけたした。「ところでガク、おれさっきからずっとポテトの皿やってんねんけど」

「そりゃ、ごくろう」

「ちょっと食べたい」

「かけるに、あーんって食べさせるのいややで。気持ち悪い」ぼくはいった。「顔つっこんで食べ」

じゃあ食べる。かけるは両手の中に顔をつっこんで、がつがつとポテトを食べはじめた。その姿は、両手を合わせて、なにかに拝《おが》んでいるように見えた。

ぼくも拝めるものがあったら拝みたい。どうやったら、バンドってうまくなるんだ。

アクセルよ。スラッシュよ。ギターの神様たちよ。教えておくれ。

8

文化祭の前日。わたしはガクに、いっしょに秋祭りにいこうってさそわれた。

なんとなく、どうしてって聞いた。わたし一人といくのって。

ガクは口をとがらせながら、だってかけるもマロも、きょうは帰って練習するっていうしさって答えた。

「リリイも、はよ帰って練習したいか」

「ううん。どのみちドラム、夜はあんま練習できへんから」

ウソだった。防音室がちゃんとあるから、深夜でもないかぎりだいじょうぶだ。正直いって、わたしも練習したい。

でも、祭りにはもっといきたかった。だから、じゃあいくよって答えた。

ガクはきょうも六時ごろまで準備があるから、わたしもクラス発表の手伝いなんかをして時間をつぶした。ちなみにうちのクラスは男女の仲が悪くて、別々に発表をすることになっている。女子はタロット占《うらな》いをやる予定で、男子は図書コーナーだ（そんなのどうせ、まんがを持ちよってロッカーにいれておくだけのくせに）。

そのうち女子のポスターカラーがたりなくなったんで、わたしはおつかいにいくことになった。外に出る途中《とちゅう》でちらっと武道場をのぞいたら、ガクやマロのお兄ちゃんたちが、いそがしそうに働いていた。あいつ、わたしだけと祭りにいきたかったのかな、それともやっぱり、かけるたちがさそいを断っただけのことかな……。

あれこれ考えていたとき、正門のほうから生徒たちのさわぐ声が聞こえてきた。

中心になっていたのは、かけるのおじいちゃんだった。

「ぎぶそんまだかー？　うちのかけるが出るんや」

ものすごく酔《よ》っているみたいで、だれにむかって話しかけているのかもわからないぐらいだった。なんだかやばいと思ったわたしは、いそいで校舎にもどってかけるをさがした。どこかで文化祭の準備をしているかもしれない。

二年のろうかをさがして歩いてたら、かけるはクラスの子たちといっしょにいた。バンドをはじめたせいか、最近は友だちもふえたみたいだ。だれかを女子トイレに閉じこめて、みんなで外からドアをふさいでいる。

「かける、ちょっと」

トイレのドアからかけるを引きはなして、正門におじいちゃんがきているみたいだって教えてあげた。そうしたら、さっきまでの楽しそうな顔が、カキンと固くなった。

「ちょっと、酔っぱらってるみたいやで」

「またか」

そういいながら、かけるはもうろうかを走りだしていた。わたしもうしろからついていく。かけるは足が長いし、階段を三段とばしぐらいでおりるから、ついていくのがひっしだった。

正門についたころ、そこはもう大騒《おおさわ》ぎになっていた。生徒たちがおじいちゃんを取りかこんでいる。そのあいだに、あがた先生がいた。バンド担当の先生で、ガクやマロのお兄ちゃんとも仲のいい剣道の先生だ。

かけるがみんなの輪の中から飛びだして、おじいちゃんの横にぴったりと寄りそう。あがた先生はびっくりしたみたいだった。

「こら川辺《かわべ》（かけるの名字だ）、むこういっとけ」

「ぎぶそん、どこでやんねん！」

おじいちゃんが、お酒くさい声でだれかにむかって話していた。

「先生、これ、おれのじいちゃんや」

かけるはそのとき、みんなの声にかき消されないぐらい大きな声でいった。ちょっとおどろいてしまう。わたしだけでなく、そばにいた生徒たちも先生もそうだった。自分だったら、こんなに大きな声でいえるかなって思った。もしかしたら、自分のおじいちゃんなのに知らないふりをしていたかもしれない。

「酔《よ》っとんねん。家につれて帰ってもええ?」

かけるがいうと、先生は、おまえ一人でだいじょうぶなんかって聞いた。文化祭前日で、たくさんの生徒が学校を出入りしていたから、外出許可はいつもより簡単《かんたん》におりた。

「いつものことや。心配いらんから」

あがた先生は、じゃあ気をつけてといって、生徒たちを校舎のほうへおしもどした。でもみんな学校の外に用事があったり、家に帰ろうとしていたところだったから、かえって大騒《おおさわ》ぎになった。

正門をふりかえらず、かけるはさっさとおじいちゃんを引っぱっていく。まるで、学校から追放された人みたいだった。テレビでそんなシーンを見たことがある。外国で起きている戦争で、女の人がみんなにけられたりなぐられたりしながら、村の外へ追いだされるところ。

「わたしもいく」

ポスターカラーを買ってくる用事なんてすっかり忘れて、おじいちゃんの横にくっついた。

「リリイ、文化祭の準備あるやろ」

かけるは、怒ったような声でいった。「おれ一人でだいじょうぶやから、もうええ」

「いっしょにいく。どうせ、やることなかったし」

「ええってば、一人で」

「あたしら、同じバンドやろ」

わたしはかけるの顔を見ないでいった。怒っている顔がこわくて、見るのがいやだったから。

「ここで手伝わんと、あとでガクが怒るに決まっててんもん」

「……せやなあ。あいつが怒ったら、めんどくさいもんなあ」

かけるはようやく笑った。ほっとした。

あしたになったら——ううん、きょうの夜にでも、サトミになにかいわれるかもしれない。だれかからきょうの事件のことを聞いて、わたしは質問される。リリイ、なんでかける君と仲よくするん？　わたしがかける君のこと好きって、あんたも知ってるやろ？

知ってる。だけどわたしは、いっしょにいきたかった。かけるのことが好きとか関係なく、わたしたちはバンドの仲間だから。説明したってわかってもらえないかもしれないけど、それがバンドのメンバーっていうもんだ。

「わしは戦争にいったんやぞ。さらばラバウル～♪」

おじいちゃんは、知らない歌を大声で唄《うた》っていた。すれちがう人はみんな、わたしたちのことをちらちらと見た。はずかしかった。だけどかけるは、なんでもない顔でおじいちゃんを引っぱって歩いた。わたしも、はずかしいって感じている自分がもっとはずかしくなってきて、それからは、わざと胸をはって歩いた。

「じいちゃん、きょうが文化祭やってかんちがいしたんやな」

「文化祭くるん？」

「いや、やばくなりそうやから日程《にってい》教えてへん。せやけど、どっかで聞いたんちゃうか。おれらの演奏《えんそう》、どうしても聞きたいんやと」

「ほんなら当日、ライブの録音しよっか」

「あ、それええな。そうしよ」

かけるがいった。

さやま団地の、小さな家。かけるはおじいちゃんをふとんの上に寝かせてくるといって、母《おも》屋《や》にはいった。わたしは、いつもバンドのみんながやっているように、プレハブの壁《かべ》にもたれてかけるを待った。そこに背中をおしつけると、べこんべこんと音がする。

空に、季節はずれのトンボが飛んでいた。よく生きてたね。二匹《ひき》で飛んでいるから、カップルだろう。なんだかよくわからないけど、それを見ていると悲しい気分になった。おじいちゃんを無事に家まで送り届けたせいかもしれないし、かけるがはずかしがらなかったせいかもしれないし、ここにガクがいないせいかもしれない。

とにかくわたしは、二匹のトンボを見ながら、悲しい気分だった。

「いやー、お疲れ……」

母屋《おもや》から出てきたかけるが、わたしのことに気がついた。

「リリイ、どないしたん。空なんて見て面白いか」

「なんでもないよ」わたしはいった。「おじいちゃん、だいじょうぶやった?」

「もう、イビキかいとる」

かけるはわたしの横に立って、いっしょに壁にもたれた。いつもとちがって、プレハブのドアはあけようとしなかった。

「リリイ、きょうはありがとう」

「なんやねん、気持ち悪いな。あたしにお礼いったからって、ひとつも得にならんで」

「ははは」

かけるが笑う。「リリイ、ガクのいいかたとそっくりや。いっつもいっしょにいるから似てきたんちゃうか」

「そんなん、さいあくや」

空のトンボが、いつのまにか、お尻《しり》とお尻をくっつけて飛んでいた。この子たち、たった今、結婚したんだ。おめでとう。

「ガクにだけは似たくない」

「でも好きやろ、ガクのこと」

どうしてそんなことを、今、ここでいうんだろう。わたしにはわからなかった。でも、予想していなかったから、ごまかす言葉も思いつかなかった。

「……うん、まあ」

「ほんなら、よかったな。きょう、いっしょに祭りいくんやってな。もうさそわれた?」

はずかしくなって、なにもいわずにうなずいた。なんだ、やっぱりみんな知っていたのか。

気をきかせて、きょうはいけないなんていってたんだ。

「なんかおみやげ買《こ》うてきてな。あ、ベビーカステラがええな」

「わかったよ」

「ケンカしたらあかんで。あしたライブやねんから」

「今さら、うまくもヘタにもならんって」

「あほいうな。ぎりぎりまでがんばるで。まずは北中一のバンドにせんと」

「どうやって?」

「それは」

かけるは口ごもってしまった。「よおわからんけど……でもガクがなにか思いつくかもしれん」

「そうかなあ」

「せやで」

かけるは、ああ見えてけっこうガクのことを信頼してるんだなあって思った。もしかしたら、わたしより信じてるのかも。

ああでも、あとなん時間かしたらガクとお祭りか。バンドの用事以外で会うのって、どうも変な感じだ。うまくしゃべれるか心配になってきた。こういうとき、あいつはたよりになるのか、ならないのか。

ならないな、たぶん。

そのとき、セーラーをかすめるようにしてトンボが飛んでいってしまった。飛ぶっていうより、滑《すべ》ってゆくみたいだった。空に三角定規《じょうぎ》を当てて、まっすぐな線を引いているみたいな飛びかた。どこにいこうか、迷《まよ》ったりしないんだね、きみたちは。

よかったら、あしたのライブ観《み》にきてくださいよって、わたしは心の中でいった。

あしたがんばろなって、かける。

うん、がんばろうって、わたし。

秋祭りはすごい人だった。前に進むだけでもやっと。それにやっぱりわたしは緊張《きんちょう》していたみたいで、いつもみたいにしゃべることができなかった。ガクもそうだったかもしれない。なにもいわないままで、気がついたら商店街を二周ぐらいしていた。

「はぐれるから、どっかつかんどき」

とちゅうでガクにいわれて、こまった。そんなの、だって、どこをつかめばいいの。夏服だったらベルトのところをつかめるけど、今は学ラン姿だ。手なんてもちろんはずかしい。しかたがないから、ひじのあたりのたるんだところをつまんだ。それがフォークダンスみたいで、かえっててれくさくなった。あれって手をつなげって命令されるから、てれくさくなって、みんな小指だけでつなぐんだよね。だけど小指でつなぐと、もっとはずかしくなる。学生服のひじをつかむっていうのも、同じようなものだ。

それでもわたしたちは、二両編成《へんせい》の電車みたいにつながって、商店街をもう一周した。

「かけるのじいちゃん、学校にきてたん？」

神社の中で休んでいるとき、ガクがいった。いつもはひっそりしている場所だけど、きょうは境内がランプで照らされていて、人もたくさんいる。大人たちには、ただでお酒がふるまわれていた。

「きょう、文化祭とまちがえたんちゃうかって、かけるがいうてた。ぎぶそんまだかーって大声でいうとったで」

「そっか。じいちゃんもライブ聞きたいんやな」

「うん。せやから当日、録音しといたったらええんちゃう」

「録音もええけど、直接きたらええのに」

ガクが、カップのしるこを飲んだ。甘《あま》いのが好きだなんて、今まで知らなかった。さっきはリンゴアメも食べてたし。おみやげのベビーカステラも、ひとくちだけっていってつまみ食いしてた。

「あのじいちゃんな、もう死んでまうかもわからんのやって」

「そうなん?」ちょっとおどろいた。「そんなふうには見えんかった」

「酒の飲みすぎやねん。大声出してっから元気そうには見えるけどな。せやからライブ、見せてやりたいわ」

そうなのか。かけるがあんなに真剣《しんけん》になっていたのも、わかる気がした。それじゃあ、なおさらうまくやらないと。

だけど、これ以上どこをどうやったらいいんだろう。ライブはもうあしただ。

「死んでまうのって、いややな」

「うん、いややな……それでかけるも、きょうは練習するなんていうてたんちゃう」

「ありゃウソや」

じゃあガクも、かけるたちが気をきかせて、私とガクを二人だけにさせたってこと知ってるの?　そう思ったけど、ガクはちがうことをいった。

「なーんか、かけるのようすが変やったもんな。文化祭の前に、マロと二人だけになりたかったんちゃうんか」

「ええ？　二人で祭りにきてるん？」

「あほ、男二人で楽しいことあるか。ライブの前に、いろいろ話しとかなあかんことがあるんや。男同士で」

「男同士やって、えらそーに」

「男同士は男同士やろが。おれとリリイは男と女やし、かけるとマロは男同士やん」

「いちおう、あたしのこと女とは思ってたんやな。よし」

わたしはふざけた感じでいったけど、ガクはあまり乗ってこなかった。「なあ、その話って、こないだのケンカの続きなん」

「知らん。そのこと、おれは手伝わんでええってさ。かけるにいわれた」

ガクは、しるこを食べてゆるくなった鼻水を、ずずずと吸った。「せやけどほんま、このまやったら、おれ、リーダー失格やなあ。演奏《えんそう》もいちばんヘタやし、メンバーはまとめられんし。リーダーやのに、リリイの好きなやつ教えてもらえへんかったし」

「最後のは関係ないやろ」わたしはいった。「だいたいな、なんぼリーダーやからって一人でぜんぶはできへんで。それにこれ、もともとはあんたのバンドやけど、今はみんなのもんやねんで。リーダーいうても、名前だけでええねん」

「へえへえ」

ガクは立ちあがって、近くにあったゴミ箱にカップを投げた。すぐ近くだったから、これは「一点」って答えるなって考えていたら、またちがうことをいった。きょうはなんだか、わたしの思っていることと、ガクのやることがずれてばかりいる。

「……リリイ。きょうもうちの親、遅《おそ》いねん。よかったら、ちょっとよっていかへん？」

「えっ？」

なにもおどろくことなんてない。しょっちゅう一人でも遊びにいってるし、このあいだは自分からすすんで、ごはんまでつくってやった。なのに、なぜか、どうしてだか、「えっ？」って声が出てきた。きょうのさそわれかたが、特別な気がして。

ガク、なにするの？　聞きたかったくせに、今は、いつもどおりにしていたい自分もいた。

「ええよ、よってく。帰りに夕飯のかわりになるもん買《こ》うてこ。焼きそばにするか、お好み焼きにするか悩《なや》むなあ」

のんきなこといってる。自分で自分にツッコミをいれた。「どっちがええと思う?」

「両方買うたらええねん」

そんなに食べれるわけないやろ。いつものように肩をどついた。ガクの肩にふれた手がじんとして、ふだんの二倍ぐらいにはれあがったような気がした。

二人で家にもどるあいだ、ガクはあまり話をしなかった。知らない人が見たら、怒っているように見えたかもしれない。でも、怒ってるんじゃないのはたしかだ。じゃあ、どうしてだまってるんだろう。だいたいガクが、自分たちのことを、「男と女やろ」なんていったせいだ。こいつはたまに、人がどきっとするようなことを平気な顔でいう。そして自分でも、なにをいったのかわかってないんだ。ばかで子どもだから。

これからなにするの? そのことだけが、頭の中で大きくなっていた。

いや、やっぱりわたしの考えすぎか。でも今なら、やっぱりわたし帰るっていえるかも。うん、今から急に帰るなんていったら、かえって変だよね。どうせガクは、なんでもない気持ちで家によんでくれただけだし。

わかってるけど、自分のくちびるのあたりが気になってしかたがなかった。今夜、自分の家に帰ったとき、わたしはもう、きのうまでの自分とはちがっているかもしれないって、そんな気分になっていた。

ところが。

「あっ！」

家のすぐそばにきたとき、ガクがいった。なに、どうしたのって聞いたけど、すぐに理由がわかった。ガクの家の駐車場《ちゅうしゃじょう》で、明かりがついたり消えたりしていた。

ドロボウって言葉が、頭にぴこんと浮かんだ。ガクも心配になったようで、走りだした。もちろんわたしも。走ったとたんに、さっきまでの緊張《きんちょう》が消えていた。風を受けたせいだ。走っていると頭はからっぽになる。

「なんやねん、おまえらは」

駐車場にいたのは、かけるとマロだった。二人して、ひっくりかえした自転車で遊んでいる。

ガクのやつじゃなくて、うちの人が使っているママチャリだった。その前輪を手でまわして、ライトをつけたり消したりしていた。

「ドロボウか思うたやろ」

「やっと帰ってきたか」と、かける。「はよ帰ってこい思うて、さっきからライトでサイン送ってた。トントントン、ツーツーツー、トントントンってな」

それってSOSの信号だよ。遭難《そうなん》したときの信号。イタズラでやったらしかられるって、ガールスカウトで習った。だけどかけるは、そんなことなんか関係なく、ガクにとびついた。

「ほら、はよ中にいれて」

「なんなんよ。みんなそろってバンドの話か?」

「ええからさ」

かけるは、ガクをおしあげるように玄関《げんかん》へむかった。マロもついていって、わたしだけが取り残されてしまう。あわてて自分も家にあがった。

ロック四畳半《よじょうはん》にはいるなり、かけるがギター貸せってガクをせっつく。なにをいそいでるんだろうって思ったら、それをさっさとマロにわたしてしまった。

いったいなにがどうなってるの。わたしの質問に、かけるが答えた。

なんでもきょう、わたしたちが祭りにいってるあいだに、マロとかけるは二人で練習していたそうだ。完全に仲直りしたのって聞きたかったけど、そんなことというとまたおかしくなるんで、だまって話の続きを聞いた。

「マロの家でずっと練習してたらな、合わせるコツみたいなんがようやっとわかってきてん。な、マロ?　けっきょくソロの前な、あのタカタカいうとこから、ボロロンって変わるやん。そんで……」

「かける、なにいうてるか、ぜんぜんわからへん」

ガクはあっさりといった。でも、そのとおりだ。「マロが説明せえよ」

「うん、あのギターソロがはじまる前な。あそこからおれらくずれるやろ。なんでかなって思うとってんけど、そこにはいる前から、ドラムも難しくなるからや。カウベル（ドラムについている固い鐘《かね》のこと。パカパカって音がする）をようさん使うから、こっちもリズムがとりづらくなんねん」

マロはそこで、ギターを使って自分のパートを弾《ひ》いた。音程《おんてい》は高いけど、それはベースラインだった。「そんでな、かけると二人で弾いてるうちに、ガンズ・アンド・ローゼスのやりかたがわかったんや。あのソロにはいる少し前から、あいつらベースでリズムとってるみたい。たぶんやけど、ドラムが動きまわるときは、ベースがおとなしくなってる。ほら……」

マロが弾いてみせた。でも、ベースラインだけを聞くのはこれがはじめてだったんで、どこのことだかまるでわからない。

「ごめんマロ、あたしよおわからん。今、どのへん弾いてるん?」

「おれもよおわからん」とガク。

「しゃーないな。ここや」

かけるがギターの音を口で唄《うた》いだした。変な子だなあって思いながら見つめていると、急に唄がやんだ。

「あほ。なにをおれの唄にキュンとなっててんねん。いっしょにやらんとわからんやろ。ガクも唄《うた》え」

「なんか、カッコ悪いんやけど」

「ええから。ほれ、ニャカニャカ……」

「あかん」ガクが笑いだす。「なんでギターの音やるのに、ニャカニャカっていうん、かけるは。ジャカジャカやろ。ニャカニャカって、ネコの運動会みたいや」

「ガク、まじめに聞いてや」

マロがきりっとした顔でそういった。「みんな最初からやるで。もう時間ないんやから」

それで、部屋の雰囲気《ふんいき》ががらりと変わった。ニャカニャカでもジャカジャカでも、本気で唄《うた》うようになった。もちろんわたしもまじめに演奏《えんそう》した。ドラムスティックがないから、正座《せいざ》して、自分の太ももをてのひらで打った。

ソロにはいる手前。そう、ここからカウベル。

「で、リズムはこっちや。よお聞いて、ベースラインに合わせ」

ガクは最初、うまくいかないみたいだった。でもなんどかくりかえしているあいだに、ベースの音を聞きわけられるようになってきた。口で演奏しているからはっきりとはいえないけど、たしかに音が合ってきたような気がする。

「あかんで、かける。それじゃ飛びだしすぎ」

マロはくりかえし指示を出した。「そんでガクは、かけると張《は》りあいすぎ。ギターの音やなくて、こっち。ベース」

くりかえし、くりかえし、わたしたちは演奏をした。演奏っていうか、マロのギターにはんのうして騒《さわ》いでいる、インコたちみたいに唄った。

だけど、合ってる。ちゃんとなっている。

あかん、もうのどがからからやってガクがいうまで、練習は続いた。かけるものどが痛くなってきたようだ。そりゃあ、ギターソロの音を口で出してたら、のどだって痛くもなるだろう。

「な？　ほかの曲もこれでうまくいくやろ」

マロはとくいげに、ギターをガクにかえした。「ソロのリズムは、おれがささえんねん」

「なるほどねえ」

ガクは寝ころがり、壁《かべ》に頭をもたれさせた。「もう、これしかないな。あとは本番でたしかめるしかない」

「だいじょうぶや。これでばっちりうまくいくで」とかける。

「このやりかた、だれが思いついたん。マロか？」

「かけるや」マロがいう。「たまたまかけるが遊びにきてな、ベース弾《ひ》かせたってん。ほんなら思いついた」

「いやほら、ベースぐらい簡単《かんたん》やろ思うてさ。弦《げん》も四本しかないし……でも弾いてみたら、なかなか難しいんやな。ようやっとマロのやってることわかった」

かけるにいわれて、マロがぽっと赤くなっているのがわかった。

「ふーん、そっか。そういうたらおれもマロのベースって聞いたことないな。だいたい、演奏《えんそう》中のマロって、動き方がちょっとキモイやん。せやから、あんま見れへん」

「しばく」

マロがふざけてガクに飛びかかった。そのあとかけるも。いつのまにかプロレスになっていて、ガクは両腕を足でかためられていた。わたしも参加したかったから、ガクのおでこをチョップしてやった。

しばらくそうやって遊んだあとで、夕飯を食べた。ガクは下で食べるのがめんどうみたいで、わたしの買ったお好み焼きをつっついていた。わたしは、焼きそばのほうを食べた（けっきょく、二つとも買っていた）。

人の部屋で食べるのって、どうしてこんなに楽しいのかなあと思っていると、となりの部屋でかけるたちが遊びだした。となりはもともとお客さん用の部屋だったんだけど、四畳半《よじょうはん》だとせまいので、ふだんはガクが使っている。洋服ダンスとテレビも、そっちの部屋にあった。あいだはふすまでしきっているだけだから、あけると九畳《じょう》の部屋になる。

で、その洋服ダンスの扉《とびら》にはダーツがついていた。昔、ブルーチップを集めてもらったやつだ。たまにねらいがはずれるみたいで、洋服ダンスは小さな穴だらけになっている。

そしてダーツの横には、大きめの写真が画びょうでとめられていた。マロが、この写真の使い方をかけるに話している。

「あの子ら、なんかきょう仲ええのんな。二人でなにしてるんやろ」

「ダーツやろ」ガクがいう。

「だって、的のとこに写真はりつけてんで」

「あー、あれな。おれとマロがときどきやるねん。ダーツだけのんは、もうあきたから」

ガクは冷えたお好み焼きをがぶりと口にいれた。いつもそうだけど、一度に詰《つ》めこみすぎだ。

「モガモ……」

「もう汚《きたな》い。先に飲みこみよ」

焼きそばをすすりながらかけるたちを見ると、なんだか楽しそうだった。じっと聞いていると、結婚《けっこん》がどうのこうのってしゃべっている。

「マロー。そっちでなにしてるん」

「占《うらな》い」

ダーツの前に立って、マロがいった。占いってなんだろうと思いのぞきこんでみると、写真は遠足のときに写してもらった、学年の集合写真だった。

「おれのー、結婚する人はー、こいつ」

マロがすぱっと矢を投げた。あんがいうまいのは、ガクの部屋でしょっちゅうやっているからだろう。いっぱつで矢がささった。かけるがすぐに近づいて、写真の中のだれに当たったのかたしかめた。

「マロの結婚相手はー、えっと、サトミや。まあまあええな。でもあの子は気が強そうやで」

かけるのいうのを聞いて、わたしはちょっと笑った。サトミが聞いたら泣くだろう。

「さ、次はおれ。おれの結婚相手はー、こいつ！」

本当にこいつらは、どうしてこんなことに夢中になるんだろうと思いながら、ダーツがどこにささるのか、ついつい気になってしまう。おかげで紅ショウガをひとつ、カーペットの上に落としてしまった。

「ハトや」

マロが笑う。矢は、地面でピーナッツを食べているハトにささっていた。「かけるの結婚相手はハトや。なんか似合ってるで。家のそばにも、ハトようさん飼《か》ってるおっちゃんおんねん。

二階に大きな小屋があって、日曜日とか、一度にばーってはなしよる。ちなみに奥《おく》さんはおらん」

「もっぺんやらして」

「あかん。かけるはハトや」

二人のやりとりを聞きながら、ガクが笑っていた。目が合って、わたしもちょこっと笑った。

仲直りしたみたいだねって、視線だけで話しあった。

今まで気づかなかったけど、それはバンド練習のときによくやっていた会話だった。

目だけで話す。タイミングをまちがうなよ。もっと早くして。もっと遅《おそ》くしろよ――それは、言葉にならない言葉。わたしたち四人のあいだだけで通じる言葉だった。

「次はガクー」

かけるが、わざとこっちに聞こえるようにいう。それでガクは、いそいでお好み焼きを飲みこんだ。

「モグ……おい、かってに人のすんな」

「ガークーのー、けっこんー、する人はー」

リリイねらったれ。マロがかけるのとなりでいった。ほんの冗談《じょうだん》だろうけど、わたしはどぎまぎとしてしまった。また紅ショウガを落っことしそうになる。

「すーるー人はー」

「やめろって」

「リリイにさしたれ」

「ちょっと、やめてーよ」

わたしまでいっしょになっていっていた。そして心の中では、本当に当たっちゃったらどうしようって、真剣《しんけん》に悩《なや》んだ。どんなリアクションをとればいいのかわからないもの。だから当たるな。あ、やっぱり当たれ。ちがう、当てちゃダメ。

でも、もしかしたら、当たれ。

「とお！」

かけるはゆるい速度で、マロ本人にむかって投げた。マロがぎゃあとさけんで、ひっくりかえりそうになった。優《やさ》しく投げたけど、ダーツは畳《たたみ》にちゃんとささっている。みんなが笑った。

わたしはほっとしたような、やっぱり占《うらな》ってほしかったような気がして、半分ぐらいの笑顔をつくった。残りの半分で、もしかしたら今夜起きたかもしれないことを、あれこれと考えた。

頭がもやもやとした。

だけどあしたになれば、自動的にライブがはじまるんだよなあ。今考えていることなんて、ぜんぶふき飛んでしまうだろう。はじめてのライブだもの。

あしたの朝、わたしはどんな気分で目が覚めるんだろう。今夜、夢を見るかな。

9

ぼくたちは武道場で演奏《えんそう》することになっている。でもそこにはステージってものがない。で、あがた先生にいいアイデアを教えてもらった。先生も高校生のとき、学校の武道場でライブをやったことがあったらしい。そのときには、畳《たたみ》を積《つ》みあげたステージをつくったそうだ。そこでぼくたちもやってみたんだけど、これがなかなか難しい。畳を積みあげると、ゆがんでかたむいてしまうのだ。ドラムセットはどうにか乗っても、ギターアンプはムリだった（あがた先生のライブって、昔のフォークソングだったんじゃないの？　ギターだけでやるような）。

しかたがないんで、アンプはぜんぶ、床《ゆか》の上に置くことになった。大島楽器から借りたものもあるから、落っことしてこわしたりしたら、とんでもないことになってしまう。

「これやと演奏《えんそう》中に、自分の音が聞こえんようなるかもな。ちょっとやばいで」

マロニーがぼそっといった言葉が、ぼくには不安だった。

ライブじたいはじめてなのに、自分の音が聞こえないまま演奏するって、どんなだ。そう思いながらも、リリイと祭りに出かけた。少なくとも準備はちゃんと終わったんだし、バンドのほかにだってだいじなことはたくさんある。どんなふうにだいじなことだったか？　それは秘密デス。悪いね。とにかく、文化祭の準備のことはもう考えないで、あしたに備《そな》えようと思った。

ところがその夜、ぼくは夢の中で、まだ文化祭の準備をしていた。どうしても畳《たたみ》のステージがゆがんでしまうことに悩《なや》んでいた。すっかりこまってしまって、大島楽器にいこうと思った。夢の中の話だから、どうしてそう考えたのかはわからない。

大島楽器で新しいヘビーゲージを買って、学校にもどってきた。すると、武道場の畳のステージがぜんぶくずれているじゃないか。しかも、いっしょに作業をしていたマロニーや、ほかのバンドマンたちの姿がない。みんなぼくだけに仕事をおしつけて帰ってしまったらしい。あわてて、武道場の中に友だちをさがした。

そのとき剣道の用具入れから声がした。手伝ってもらおうと思って扉《とびら》をあけると、そこに残っていたのはリリイだった。体操《たいそう》で使うマットの上に寝そべって、にやにや笑っている。

「ステージ、さっきまたくずれたで。もうだれも手伝ってくれへん。あはは。あした、どないしよ」

「笑うな」と、夢の中のぼく。「もいっぺんつくってみる」

「時間切れや。床《ゆか》の上にすわって演奏しよっか」

「笑うなって」

リリイが笑うと、ぼくも楽しくなってしまう。昔からずっとそうだ。

それでリリイの横にしゃがんで、顔の上に口を突《つ》きだした。

「それ以上笑ったら、チュウする」

「いいよ」

「いいって、なんやねん」

するとリリイが、ぷいって横をむいた。

なにを見てるのかなと思ってくずれたステージのほうを見てみると、そこには酔《よ》っぱらった、かけるのじいちゃんがいた。うろうろと畳《たたみ》のまわりを歩きながらどなっていた。

ぎぶそん、まだはじまらんのか！　ぎぶそーん！……。


かけるのじいちゃんのおかげで、文化祭当日は朝の五時に起きられた。

空気が、ワサビみたいにつんとする朝だった。ギターをかかえて五時半のバスに乗り、六時には学校についた。朝ごはんがわりにおかざき商店（おばちゃんは、朝の六時から元気だった）で買った焼きそば&コロッケパンを食べてから、すぐに武道場へむかう。

そこにはもう、マロニーとほかのバンドの女の子たちが、なん人か集まっていた。

「いよいよやな」

マロニーは、畳のステージを見あげていった。さすがに、緊張《きんちょう》しているのがわかった。マロニーでさえそうなんだから、ぼくなんてどれぐらいドキドキしていたか。頭の中に浮かんでくるのは、失敗してみんなに笑われる、カッコ悪い自分の姿ばかりだった。

器材《きざい》の調整をしているうちに、かけるたちも登校してくる。全員でチェックしていると、あっというまに学校がはじまった。あれはだいじょうぶかな。これはだいじょうぶかな。そわそわとしているぼくに、リリイが声をかけてくれた。

「あとは、なんとかなるよ」

どうしてだろう。こいつにいわれると、理由がなくてもほっとする。あんたならだいじょうぶ、なんて母さんにいわれるとむかつくのに。よく考えたら同じことなのにな。

「だいたい、ライブがはじまるんは午後からやろ。今から緊張してたら、お弁当食べられへんで」

「うん」

「おれ、あかん」マロがいう。「たぶん弁当なんて食べれへん。朝飯もちょこっとしか食べれへんかったし」

「ステージの上で倒れんなよ」これはかける。「朝礼の女子とちゃうねんから」

四人が笑った。そうだ。ぼくたちはきっとうまくやれるよ。あれだけ練習してきたし、今じゃもう、四人がぴったりとそろっているはずだ。口でやったギターでは、そろっていたんだから。

でも、本番でマロのベースが聞こえなかったらどうしようか。ぼくはふと、そのときのことを考えてしまった。自分の音さえ聞こえなくなるかもしれないのに、ベースラインをちゃんと聞きとれるんだろうか。

不安。ふあん。ファン……。またしても、自分のギターをチェックしていた。

文化祭のスタートは、体育館で聞く校長先生の長すぎるあいさつから。それから、これも長すぎる演劇部《えんげきぶ》の劇《げき》。そしてもっと長すぎるクラス対抗合唱コンクール。これが終わって、ようやく昼食になった。マロじゃないけど、ぼくもほとんど弁当を食べることができなかった。ほとんどっていうか、飾《かざ》りつけのプチトマトを食べただけで、お腹《なか》がいっぱいになった。いつもはこの、ごはんに合わないプチトマトだけを残してしまうのに。トマトとごはんの組み合わせは、やっぱりきらいだ。

ライブ開始の一時半まで、あと一時間を切った。演奏《えんそう》の順番は、ぼくたちのバンドが最初。次に応募《おうぼ》してきた二組のバンドがやって、最後はマロニーのところだった。

そこで早めにギターを持って武道場にはいってみたら、おどろいたことに、そこは三十分も前から生徒たちでいっぱいになっていた。いきなり、みんなの視線がぼくにむけられる。

あわててメンバーをさがした。

きっとステージのそばだろうと思って近づいていくと、積《つ》みあげた畳《たたみ》に三人がもたれていた。ステージから少しはなれたところには、あがた先生。先生は緊張《きんちょう》なんてしていないから、スポットライトを調節しながら、三年の女子と楽しそうに話している。アガポン（あがた先生のあだな）、おまえはのんきでええの〜。そう思ったけど、これって、先生がいつもぼくたちにいってるのと同じセリフだった。

「みんな、最後に練習、ちょこっとやるか？　音、うまく合うとええねんけど」

ぼくはギターを持ちあげていった。アンプを床《ゆか》に置くことになったんで、もしかすると自分たちの音が聞こえなくなってしまうかもってことは、ほかのメンバーにはだまっておいた。今さら話したってどうにもならない。

「おいガク。緊張《きんちょう》してんのか。あとはステージに登って、じゃーんってやるだけやろ」かけるがいう。

「かける。ソロのとき、おれの音しっかり聞けや。あと、最初のピッキング・ハーモニクスだけはしっかりたのむで」と、マロ。

「プレッシャーかけんな。ガクにかけろ」

かけるはマロの首を腕でしめあげて、はみだした坊主《ぼうず》頭をグリグリとやった。こいつら、いつのまにか仲よくなってるんだなあ、なんて考えもしなかった。くそ、リーダーの気も知らないでって思っただけだ。

そのとき、ぼくとリリイの目が合った。ほかにどうすればいいのかわからなくて、いっしょに笑った。がんばろうな、リリイ。がんばろうなガク。ぼくたちは声を出さなくたって、テレパシーで話すことができた。ウソだけど、そんな気分でいたかった。

一時二十分。いよいよ畳《たたみ》ステージにあがる。階段はないから、よいしょっとあがった。するとステージの下で、マロニーがアンプの電源をいれた。バチバチと静電気みたいな音がひびく。武道場にいた生徒たちがいっせいに近づいてくる。

のどがすごくかわいているのに気がついた。一度ステージからおりて、そばの水道で水を飲みたくなった。武道場の裏の、ぞうきんを洗う水道でもいい。

「ガク、だいじょうぶか?」

かけるがギターを鳴らしてたしかめる。ギーンという音がひびくと、武道場にざわめきが起こった。「のどの調子悪いんとちゃう」

「暑いだけや。こんなに暑くなるなんて思ってもみんかった」

「ライトのせいなんかな」

武道場はきょうだけライブ会場だから、ぜんぶの窓《まど》を黒いカーテンでふさいである。音楽室から借りてきた、黒くて光を通さないカーテンだ。そして、ステージの上にだけスポットライトが当てられていた。強烈《きょうれつ》な光の中には、プランクトンみたいなホコリが浮かんでいるのが見えた。

二十三分。ぼくはマロに声をかけた。

「そろそろやなあ。あとはたのむで」

「こっちがリズムくずしたらごめんな。先にあやまっとく」

ライトの中に立っていても、マロが青い顔をしているのがわかった。

「そんな心配せんでええで」ぼくはマロを軽くキックした。「それよか、おれより目立つなや。おまえが目立ってええのは、ベースのソロのとこだけやからな」

「ちぇっ。ガクは、ええ気なもんやの」

マロは笑ったひょうしに、ベースをびんと弾《ひ》いてしまった。武道場に低い音が鳴る。生徒たちがいっそうがやがやとしはじめた。

二十六分。リリイに声をかけた。

「リリイ、ドラムの調子はどない」

「いつもどおりやで」

ライトが二つしかないから、ドラムセットにすわるリリイの顔は、影《かげ》になって半分ぐらいしか見えなかった。「それよりあんた、ちゃんとあたしのドラムに合わせや。ライブのときってな、緊張《きんちょう》してリズムが早くなりがちやねんて。そうならんように、しっかり聞いとき」

「なんべんもいわんでええ。そっちこそ、ちゃんとたたけや。予備のスティック用意してあっか」

「用意してある。いつもより高いやつ使うねん。ええ音出るし、簡単《かんたん》には折れたりせえへんから」

そういえば、いつも使っているやつとはちがって、スティック全体がまっ黒のモデルだった。

「あんたは予備のピック持ったんか」

ギターを肩にかけるストラップに、予備のピックが二枚さしてある。ぼくはそれを指さすと、じゃあ あとはよろしくっていって、ステージのまん前に立った。右側にはマロ。左側にはかけるる。どうしてなのか練習のときから、いつもこの並び方をしていた。マロとかけるが反対になったら、今よりもっと緊張してしまうだろう。

二十八分……二十九分……。ぼくは時間がくるのをじっと待つ。

そして一時三十分。

ライブがはじまるその前に、「ところで、じいちゃんきてる？」って声をかけようと思ったら、なんとかけるは、いきなり身体《からだ》をそらせてしまった。演奏《えんそう》をはじめるときの合図だ。一瞬《いっしゅん》、武道場のざわめきが止まった。時間まで止まってしまったみたいだった。四人でこのまま凍《こお》ってしまいそう。

かちん。時間がまた動きはじめる。かけるのギブソンが唄《うた》いだした。

生徒の声がわっとあがったけど、ぼくの耳に聞こえるのはギターの音だけ。いや、それもほとんど聞こえない。みんなの歓声《かんせい》のせいで、リリイのドラムも、マロのベースもはっきりとは聞こえなくなった。やっぱり、マロニーのいっていたとおりだ。

でも。でもぼくには、みんなの演奏が聞こえる気がした。これまでになんども聞いた中で、最高の音が聞こえていた。あとなん秒かで、自分もスタートする。ふるえる脚《あし》でリズムをとった。あとはかけるのピッキング・ハーモニクスがきまるのを待つだけだ。
五、四、三、二、一。キーン！　かんぺきなピッキング・ハーモニクス。

次の瞬間《しゅんかん》、ぼくはギターをかき鳴らした。

じゃーん!

目の前はまっ白になった。かけるは、ぼくの弾《ひ》くギターの上を滑《すべ》るように、ジャカジャカと音を刻《きざ》んだ。一生声が出ないかもって思っていたけど、マイクに近づくとしぜんに声が出た。

わあああ。武道場の中がすごい声になる。自分たちの演奏が聞こえにくくなった。あわててリリイのドラムの音をさがした。マロのベースを、かけるのギターをさがした。そうするうちに、ギターソロが近づいてきた。とてもじゃないけどマロのベースは聞こえなかった。自分だって、なにを弾いているのか、メロディが聞こえてこないままだった。

ぼくはマイクに口をつけたまま、マロのほうを横目で見た。かけるも見た。こいつらの演奏は耳にほとんど届かないけど、やっぱりわかる。かすかな音がぼくの心の中で大きくなって、ライブを乗りきるための力を貸してくれていた。

さあいくぞ。もうすぐリズムはマロにかわる。ぼくとかけるは、リリイのリズムからマロのリズムに飛び移る。そこがだいじだ。できるよな。ファミコンみたいなもんだろ。ガケのはしっこぎりぎりでタイミングよくジャンプだ。
三、二、一……ジャンプ！
乗った！　マロのベースのリズムに乗りかえられた。かけるもばっちり。ぼくたちの音はひとつになっていた。

もうなにも考えることなんていらない。だってぼくは夢中で、頭がぼうっとして、全自動で演奏《えんそう》しているだけだったから。自分でギターを弾《ひ》いている気がしなかった。ぼくのギターが、鏡つきのフェンダーがかってに鳴っている。大きな犬と散歩しているみたいに、こっちがギターにどんどん引っぱられる。

かけるのギブソンが唄《うた》っている。リリイのスティックが踊《おど》っている。マロが、身体《からだ》全体でリズムをとり続ける。

世界最高の音を、ぼくたちのバンドが出していた。

じゃーん……。じゃーん……。

かけるがジャンプした。着地に合わせて、演奏がぴたっと止まる。

音が消えると、ものすごい声がぼくたちをつつんだ。自分たちが十五分も演奏していたなんて信じられなかった。まるで、神様に時間を盗《ぬす》まれてしまったみたいだ。目を閉じて、目をあけたら、十五分がすぎていたみたい。気がつくと、いつのまにかリリイがドラムセットからおりて、ぼくのとなりに立っていた。

全員で一列に肩を組み、ステージの上でおじぎをした。声がまた大きくなった。

——終わった。

ぼくたちはたくさんの声につつまれて、畳のステージの上からぴょんと飛びおりた。足がふるえていたから、着地するときにこけそうだった。下にはもう、次の吹奏楽部《すいそうがくぶ》バンドが待っていて、緊張《きんちょう》した顔でステージを見あげていた。四人はそれぞれ、次のバンドのメンバーとてのひらでハイタッチした。がんばれよっていったって声なんか聞こえないだろうから、相手がひっくりかえるくらいに強くたたいた。

汗だくのまま、まっ暗な武道場を壁《かべ》づたいにうしろへ歩く。ステージの前に集まった生徒たちを見てみたら、みんなもう次のバンドにむかって声をあげていた。だれもぼくたちを見てはいない。そのときはじめて、ほっとした。やったぜって思った。なんとか最後までやったんだなって。

武道場のいちばんうしろで次のバンドの演奏《えんそう》を聞きながら、四人はまた肩を組んだ。こんど
は一列じゃなくて、円陣《えんじん》を組んだ。身体《からだ》をぐっと折りまげると、四人ぶんの体育館シューズが
輪になっていた。

あずき色の、カッコ悪いシューズたち。

「やった！　よかったで！」

ぼくはいった。気がつくと、カゼをひいたみたいにガラガラの声になっていた。かなり大声
で唄《うた》っていたようだ。

「かけるのピッキング・ハーモニクスはかんぺきやった。リリイも最後までしっかりリズムと
ってくれたし」

そしてぼくは、組んだ肩をらんぼうにゆらした。「マロも、ソロのところはほんまにサンキ

ユー」

「とうぜんや」

マロは、満足そうな顔をしていた。かけるは背が高いしマロは小さいんで、肩を組んでいると、脚《あし》を折った病人が運ばれているみたいだった。

かけるは、汗を鼻の頭からぽたぽた落としながら笑っていた。マラソンの授業でも体育祭のリレーでも見られない顔だった。

ただ一人、ちゃんと笑っていなかったのがリリイだ。汗をかいていたとばかり思っていたリリイの顔は、涙《なみだ》でぐちゃぐちゃになっていた。笑いながら泣いている。

「なんやねんリリイは」

ぼくはリリイの髪《かみ》をぐちゃぐちゃかきまわしてやった。いつもだったら怒ってキックしてくるにちがいなかったけど、そのときは笑い泣きしたままだった。

「みんなもありがと……ううう」

リリイが涙声でいった。あほ、とみんなにどつかれ、髪をぐしゃぐしゃにされて、ようやくちゃんと笑った。

音楽はまだ続いていた。しばらくしてぼくとかけるは、肩を組んだまま涼《すず》しい空気を吸いに武道場の外に出た。背中にまわしたギブソンとフェンダーまで、肩を組んでいるみたいにからまっていた。外に出たとき、いちばん最初に目についたのは、水色の空だった。ミントみたいにすうっとする冷たい空気が、ぼくの肺の中にはいってきた。

「ガク、きょうのライブよかったな」

「おう」とぼく。「ほんで、じいちゃんはきてたか?」

「たぶんきてないと思う」

「残念」

「ええねん」

空を、二匹《ひき》のトンボが飛んでいた。

トンボってギターの形に似ているなあって、かけると肩を組んだまま、そんなことを思った。

トンボよ。ライブは終わったぞ。ぼくたちの歌、聞いた?

すごかったろ。身体《からだ》がかってに動いたろ。

しぜんとかけ足になっていた。マラソンが苦手で不満ばかりいってるくせに、ぼくは走っていた。もうみんなはマロの家に集合しているはずだ。

文化祭のライブは無事に終わって、そのあとみんなであとかたづけをした。積《つ》みあげた畳《たたみ》をもとにもどしたり、床《ゆか》の掃除《そうじ》をしたりするのはマロニーが先頭になって、バンドのみんながやってくれた。ぼくは、あがた先生といっしょに大島楽器へ器材《きざい》をかえしにいったんで、学校にもどってきたときにはもうだれも残っていなかった。外はもうまっ暗で、職員室といくつかの教室の明かりがついているだけだった。

カバンを持ってマロの家にむかう。走っていた。息が切れているのに、足が止まらなかった。

マロの家の二階には電気がついていた。たくさん人がいて部屋が暑くなったんだろう、窓《まど》は網戸《あみど》になっている。そこからみんなの笑い声がもれていた。ちょうどマロが窓から外を見ていて、ぼくに気づくと網戸をあけてよんだ。

「おーし、ガクももどってきたで！　玄関《げんかん》あいてるから、かってにあがってき！」

マロの大声につられて、なん人かが窓から顔を出した。暗い外にいるぼくには、みんなの顔がぜんぶ影《かげ》になってはっきりとは見えなかったけど、どの影がだれなのか、ちゃんとわかった。

「遅《おそ》いでガクは！　こんなときに、なにしてんねん」

汚《きたな》いマロの部屋にはいると、だれかが声をかけた。それまでとくに仲がよかったわけじゃないほかのバンドの子だったけど、よび捨てにされてたって、ちっとも変な感じがしなかった。

「すまんすまん」

マロの部屋はぎゅうぎゅうだった。

部屋のまん中には大きなお皿があったから、きっとマロのお母さんが、みんなにおにぎりでもつくってくれたんだろう。ただし今は、ノリのかけらしか残っていない。ちょっと遅《おそ》くなっただけで、ぜんぶ食べられてしまったらしい。

壁《かべ》ぎわのベッドにリリイがすわっていた。あいている場所がほかになかったんで、ぼくはジャンプしてベッドの奥《おく》に飛びこんだ。ちょっと調子に乗りすぎて、頭を壁にぶつけた。ベッドがボヨンとゆれ、リリイの持っていたコーラがカーペットの上にこぼれた。

「もー、なにしてんねんガクはー」

マロがぶつくさいいながら、ティッシュでカーペットをふいた。それを見ていたみんなが笑っていた。

「おまえら、おれの食べもん残しといてくれてもよかったやろ」

「それよりガク、ライブの録音してんけど聞くか?」

かけるがカセットテープを持って手をふった。女の子にたのんで客席(なんてね)から録音してもらっていたらしい。

お、そりゃいいや。ぼくが答えると、なぜかみんなが笑っている。どうやら秘密があるようだ。

「なんやねん、みんな笑って」

「ええから聞いてみ」

マロはかけるからテープを受けとると、買ったばかりのコンポにいれて再生した。

テープがまわる。ガサゴソいう雑音のあとに、ぼくたちのバンドが準備をする音が聞こえた。今になってみたら、あのときの緊張《きんちょう》がウソみたいだ。

「ウォークマンで録音したのに、けっこう音よさそうやんか」

ぼくがいうと、みんなが「しーっ」と指を口に当てた。なんだよと思ったけど、だまって聞いた。いよいよまわりの声が大きくなる。きっと、このあたりでぼくはステージのまん中に立ったんだろう。左にかけるがいて、右にマロがいるそのあいだ。

演奏《えんそう》がはじまった。もう終わったことなのに、さすがにその部分になると、心臓がぎゅううと縮《ちぢ》まるのがわかった。

『きゃー、きゃーー!』

スピーカーからおかしな声が聞こえる。バンドの音よりずっと大きい。

『かけるー!　かけるー!　こっち見てー!』

「……なんやこれ」

ぼくがいうと、みんながどっと笑った。「演奏がちっとも聞こえへんやん」

「せやろ。学校にウォークマン持ってくるの禁止やから、ポケットにかくして録音したんやってさ」

マロが説明する。「おかげでぜんぶ、そいつの声しか聞こえへんねん。ずっとさわいでるだけ」

「録音、だれにたのんだんよ」

「サトミ。おれらのあとは静かになったから、ほかのバンドはちゃんと録音できてるで」

「ほんなら、おれらのバンドだけこれ?」

「そういうこと」

「くそー。録音しとくことなんてすっかり忘れとったわ。ほかにだれか録音してくれた子おらんの」

「あにきの友だちがやってくれたのはあるんやけど」

またしてもマロが笑う。「まったく同じ。女子にたのんでもうたからな」

「せやから、こんどまたスタジオいったときに録音しようって、相談しとってん」

となりにすわるリリイがいった。ライブであれだけ汗をかいていたのに、もう、いいにおいに変わっている。女子って不思議だよな。学内シューズもくさくならないし。

「ほんで、次のスタジオ料金はかけるのおごり。そのかわりに、このテープはかけるが記念に持っとき。あたしらダビングなんてしていらんから」

「ええ、そんなー。おれ、こづかいなくなってまう」

「サトミなんかにたのむからやろ」

テープを止めたマロがいった。すぐに別のテープをいれる。マロニーにダビングしてもらった、ガンズ・アンド・ローゼスのデビューアルバムだ。すり切れそうになるほど聞いてきたアルバム、『アペタイト・フォー・ディストラクション』だった。

「自分だけもてよう思うから悪いねん」

「そんなんちゃうってば。急に思い出してたのんでんやんか」

「まあまあ、今回だけゆるしといたるから」

一年の子がふざけていったんで、みんな笑った。なんじゃおまえ。かけるがそいつの首をぐっとつかんでゆさぶった。

本当に、みんなが同じ部活のメンバーみたいだ。ぼくもリリイもよく笑った。マロもマロニーも。なにより、かけるがいちばん楽しそうだった。友達、ともだち。友だちにかこまれて、楽しそうだった。

だけど百人の友だちの中にいても、二百人の中にいても、この四人は別だった。音も聞こえないのにガンズの演奏《えんそう》ができるのは、ぼくたち四人だけしかいないって、ずっと感じていた。


こうして、小さな打ち上げ会が終わった。すっかり暗くなった帰り道を、ぼくはリリイといっしょに歩いた。けさはギターを持ってきたから、自転車はない。家まで歩くとしたら三十分ぐらいかかってしまうんで、先にリリイを送ってから、ぼくだけ駅前のバス停へもどるつもりだった。

リリイの家についてバイバイして、それから引きかえそうしたとき、窓から声がした。

「ガク、ちょっとそこで待っててー」

なんだろうと思って待っていると、服を着がえたリリイが出てきた。玄関《げんかん》に置いてある自転車のカギをいそいではずすと、ぼくのとなりにやってくる。

「なんやリリイは。これからどっかいくんか」

「ガクが一人でかわいそうやから、バス停まで送ったるわ」

「先にここきた意味、あらへんやん」

「まあ、ええってば。ほら、はよいこ。寒くなっから」

で、ぼくたちは並んで駅までの道のりを歩いた。おまえはあほやなあっていいながら、本当はうれしかった。小学生だったときのことを思い出す。たまにリリイが家に遊びにくると、ぼくは決まって家まで送ってあげた。するとこんどは、リリイがぼくを、ぼくの家まで自転車で送ってくれた。おかげでぼくがまたリリイを送らないといけなくなって、最後は二人の家のまん中で、「きょうはここで、ぜったいにバイバイ」って決めなくちゃいけなかった。どうせ、あしたになればまた学校で顔を合わせるってわかっていても、次の朝までの十二時間が、ずいぶん長い気がして。

そのころのことを思い出しながら、ぼくはバス停のベンチにすわった。バスがくるまで十五分（ちょうど、きょう演奏《えんそう》した時間と同じだった）、リリイもいっしょに待ってくれた。

「リリイ。きょう、面白かったな」と、ぼく。「録音は大失敗やったけど」

「なあガク。わたしらのバンド、これからどうするん？　文化祭、終わってもうたけど」

「そりゃあ、おれは続けたいで」

「よかった」

ちりん。リリイはとなりに置いた自転車のベルを鳴らした。「あたしもぎりぎりまでやりたいわ。このまま練習続けたら、来年の文化祭はもっとうまくなってるやろし」

「せやな」

そういったとき、遠くからバスがやってくるのが見えた。もう乗客はほとんど乗っていない、からっぽのバスだった。窓のむこうが水色に見える。魚のいなくなった水族館の水そうみたいだった。

それにしても、ずいぶんとぴったりの時間だ。バスってやつは、ぜったいに希望と反対のタイミングでくるんだな。いつも遅《おそ》く到着するくせに、しばらくくるなってときにかぎって、時間どおりやってくる。かけるをゆるさないと思ったあの夜もそうだった。

「リリイ」

「なに」

「小学生のころ、おれら、よお送りあいっこしたな」

「あ、うん。せやったな」

「今、思いついたんやけどさ。おれ、家まで送ったろか。バスは次のでええし」

「そんなんしたら、いつまでも家に帰れへんやんか。ちゃんと乗り」

バスのドアがあいた。いつまでも突《つ》っ立っていたら、『はいー、乗るんですか、どうするんですか』って運転手のアナウンスが聞こえた。

ぼくはさっと乗るふりをして、すぐにまたバスからおりた。自転車にまたがったリリイが、おかしな顔をしていた。

くわしく説明をする前に、バスは発車してしまった。

「あんた、なにしてんのん」

「やっぱ前みたいに、半分まで送ったろ思うて」

「あほやなあ、ガクは」

なんてことをいってたくせに、自転車を使わないでおしていったのは、少しでも長くぼくといたいからじゃないのって笑ってやった。するとリリイは自転車に乗り、うしろから本当にぼくのかかとをひいた。ひき逃げだ。殺人みすいだ。

そのままリリイが逃げようとしたんで、走って追いかけ、自転車の荷台《にだい》に飛び乗った。リリイのはママチャリだから、ギターを背負《せお》っていたって簡単《かんたん》だ。

「重い～」

「おれは、かかとの骨が折れたんやぞ」

荷台のうしろをつかもうとしたんだけど、ギターがじゃまになってつかめない。落ちる落ちるよ、なんて大声を出しているうちに、ぼくはしぜんとリリイの背中につかまっていた。生まれてはじめてさわった、女の子の背中だった。

リリイはなにもいわずに、自転車をこぎ続けた。かわってあげようか、とはいわなかった。このまま自転車を止めてしまったら、ぼくはもう本当に、家に帰れないような気がしたから。いつまでも送りあいっこをして、朝までリリイといったりきたりしてしまうかもしれない。理科の授業でやった振り子の実験みたいに、コッチコッチ、いつまでもいったりきたりしただろう。

だから、自転車は坂道をくだっていく。道路ぞいに並んだイチョウの樹が、影《かげ》になってうしろへ流れていった。風になびくリリイの髪《かみ》の毛がくすぐったかった。救急車とすれちがうとき、高くなってから低くなる、サイレンの音が気持ちよかった。

そういうの、ドップラー効果っていうんだろ。

もしもだれかが坂道に立っていたら、きっとぼくたちの笑い声もドップラー効果で聞こえたと思う。アハハ、アハハ。あはは、あははー。

10

文化祭が終わった次の日、かけるのおじいちゃんがまた入院したことを聞いた。ちょうどわたしたちが、打ち上げをやっていたころ、さやま団地の道ばたで倒れこんでいたそうだ。

かけるは、いそがしいお父さんにかわって病院に通うようになった。それでしばらくのあいだ、バンドの練習も休み。やっぱりリードギターはかけるじゃないと、うちのバンドらしくないもの。かけるがもどってくるのを、みんなで待っていた。

こうしてかけるを学校で見かけないまま年が明けた。昭和六十四年がはじまった。わたしはガクといっしょに近所の神社へ初詣《はつもうで》にいって、一日だけカゼをひいた。

冬休みも残すところあと数日になった夜、ガクから電話があった。カゼの心配でもしてくれるのかなと思って受話器を取ったら、ガクの声は沈《しず》んでいた。

『……かけるのじいちゃん、さっき死んだって』

わたしは、なんていえばいいのかわからなかった。お葬式《そうしき》は日曜日にやるんだってとガクが話すのをじっと聞いていた。

『冬休み最後の日で悪いけど、よかったらきてくれってかけるが。じいちゃんあんま友だちもおらんから、きてって』

いくよ。わたしはそういって電話を切った。


日曜日、わたしはみんなより一日早く制服を着た。朝ごはんを食べながらテレビを観《み》ていたんだけど、きのうからずっと、天皇陛下《へいか》が死んでしまったニュースばかり流れていた。

「いよいよ、昭和がなくなるなあ」とお母さん。「なんか変な感じやわ」

本当に昭和ってなくなるの。トーストを食べているお母さんに聞いたら、そりゃあそういうもんでしょといわれた。じゃあ、昭和六十四年はどうなるのって聞いたら、それはどうなるんだろうねって。お母さんだってずっと昭和の中で生きてきたから、元号が変わるときなんて経験したことがないそうだ。

「でもきっと、今年がなんちゃら元年ってことになるんちゃうのん。昭和六十四年ってのはなくなってまうのかもしれんな」

それからお母さんは、きょうのお葬式のあいだじっとしてなさいよとか、お焼香《しょうこう》のやりかたなんかを教えてくれた。

わたしはふんふんと聞きながら、不思議な気分だった。

いとこの中に一人、うるう年生まれの子がいる。二月の二十九日生まれ。でも二十九日まである二月は四年に一度しかやってこないから、おれは四年に一回しか誕生日がないなんて笑っていた。

でも、だとしたら、かけるのおじいちゃんはどうなるんだろう。おじいちゃんの死んだ昭和六十四年は、どこかに消えてしまうんだろうか。

「みんな冬休み最後の日やのにすまんかったな」

かけるはわたしの顔を見るなりそういった。学生服のつめえりは、ホックまでとめていた。いっしょにやってきたガクとマロも気がついたみたいで、さりげなく自分たちのホックをしめた。

家だとせまいんで、お葬式《そうしき》は近所の集会所でやっていたんだけど、まわりを見まわしてみると、きていたのは十人ぐらいしかいなかった。それでかえって、集会場は広く見えた。おじいちゃんのはいっている棺《ひつぎ》は、反対にとても小さく見えた。どういう知り合いなのか、おかざき商店のおばちゃんもきていた。髪《かみ》の毛と同じ、むらさき色のハンカチで、ときどき涙《なみだ》をふいていた。わたしのとなりにすわったガクは、ずっと泣きどおし。顔を上にあげないと涙をふくのにまにあわないぐらい、おいおいと泣いていた。マロはむっつりだまって、ずっと下をむいたままだった。

かける？　かけるはお葬式のあいだ、泣かなかった。お坊《ぼう》さんの話を聞くあいだ、お父さんは思うぞんぶん泣いていたのに、かけるはじっと、おじいちゃんの写真をにらんでいるだけだった。わたしには、そんなかけるの姿が、おじいちゃんと最後の話をしているように見えた。

しばらく会えなくなるから、そのあいだのことをいろいろと相談しているみたいに。

全員のお焼香《しょうこう》がすむと、かけるはお父さんといっしょに、棺のふたをクギで打ちつけた。そこでようやく、涙を流した。泣いたっていうより、アサガオの花の上から、水玉がぽろりと落ちるときみたいな泣き方だった。ひとつぶだけ、重さにたえきれなくなった涙を落としてしまったみたいだ。その、ぽろり玉を見てしまったわたしは、涙が止まらなくなってしまって、けっきょく、ガクと同じぐらい泣いた。

そんなとき、かけるがわたしのところにきてくれた。棺が運ばれる前の、少しざわついたときだった。

「リリイだいじょうぶか」

そんな、わたしの心配なんてしなくていいよ、かけるのほうがずっとずっと悲しいんでしょ。そういいたかったけど、涙声でうまくいえなかった。

「ほんまはガクに話したらええんやろけど、あいつずっと泣いて話にならんから、リリイんとこきたんや。ええか」

うん、ってどうにか答える。

「あんな。じいちゃんも死んでもうたし、そろそろバンドはじめへんか」

「それはええけど、かけるこそだいじょうぶなん」

「おれ？」

かけるはいっしょうけんめいに笑ってみせた。ほっぺたに、涙《なみだ》の流れたあとが残っていることも知らないで。

「おれはやる気まんまんや。なんか、すーっとした。思いきりバンドしたい気分やねん」

「そうなん」

「なんでかな。さっきマロと話したからかな」

ちらっとマロのほうを見たら、まだイスにすわったままで、いっしょうけんめいにガクをなぐさめていた。ほんとガクのことが好きなんだね、あいつは。

「マロも、できたら早くバンドやろなっていうてた。文化祭終わっても、まだ同じバンドやんなって」

「そりゃあそうやんか。同じバンドやで、なにいうてんのん」

「そりゃそうやけどさあ……おれ、なんかうれしかってん」

「あほ。そんなことで、いちいちよろこばんどき」

「せやな」

かけるがちらっとガクのことを見る。おいおい泣いているのを見て、ちょっと笑った。

「おれ、ガクにもいわれたわ。さやま団地さやま団地って、おまえこそなにいうてんねんって。そこに住んでっから、どうせいつか、みんなとバラバラになるなんてだれが決めたんじゃって」

ガクのいいそうなことだ。わたしは思った。「そんで、こんなこというねんで。『門があるわけでもないやろ。出るのもはいるのも好きにできるやんけ。地続きやねんぞ』やって。そんでおれ、いうたってん」

「なんて」

「ほんま、地続きやなって」

「……うん」

「つーわけでな、おれこれから先、地続きのリリイにちょっとたのみごとがあるねんけど」

「ええよ。あんたもたいへんやろから、なんでも聞いたる」

「ほんならさリリイ、これからときどき、家庭教師やってくれへんかなあ。ガクとマロじゃたよりないし」

ええ、家庭教師？　とつぜんそんなことをいわれて、おどろいてしまった。まさかそんなことを、今たのまれるなんて思ってもみなかった。

「おれな、高校いって英語勉強しよかと思うて。ほら。うちのバンド、洋楽ばっかやん。コーラスも英語で唄《うた》わなあかん。せやから英語勉強しよ思てんけど、よお考えたらその前に高校はいったほうが便利と思うて」

「でも、わたしに家庭教師なんて」

さっき、たのみごとなんでも聞いたるいうたやろ。かけるはそういうと、集会所の外へ出ていった。これから、おじいちゃんを焼きに、火葬場《かそうば》までいくそうだ。ちょっと待ってと声をかけたのに、じゃあたのむでって手をふられただけ。なんだかこいつまで、ちょっとガクに似てきたような気がする。

少しして、おじいちゃんは車で運ばれていった。かけるもいっしょにいってしまった。

これから数時間後には、おじいちゃんは焼かれて骨だけになる。そのことがガクにはつらいみたいで、集会所の角にかくれて、まだ泣いていた。わたしは泣くだけ泣いてすっきりしたから、集会所の外をかこってあるフェンスにもたれて、ガクが出てくるのを待っていた。

でも、先に出てきたのはおかざき商店のおばちゃんだった。

「リリイちゃん」

おばちゃんの目は、パンダみたいになっていた。泣いて化粧《けしょう》がくずれたんだろう。

「きょう、きてくれてありがとな」

「なんでおばちゃんがいうのん」わたしは聞いた。「おばちゃんってもしかして、かけるのおじいちゃんの親戚《しんせき》なん」

「ううん、親戚やないよ。昔の友だち」

おどろいて目を丸くしていると、おばちゃんが説明してくれた。二人は同級生だったんだって。北中がまだ男子女子で分かれて授業をやっていたころの話だから、同級生っていっていいのかわからないけど、とにかくそばの学校に通っていた。

「それまでも、ときどき顔合わせてたけどな。家、近所やろ。それに川辺《かわべ》さん（おじいちゃんのこと）、合唱団にはいってきてな」

「合唱団？　あのおじいちゃんが？」

「せやで。オンチやったけど、毎週ちゃんと通ってたわ。戦争がはじまって、合唱団が解散《かいさん》になるまで」

「そんな人やったなんて、ちょっと信じられへん。中学のときからお酒飲んでたかと思うた」

「音楽が好きやったんよ、川辺さんは」

さっきまでわたしに笑いかけていたおばちゃんが、そのあと空を見た。

「そんで、なかなかの男前やった」

「ほんなら、なんであんなんなったん」

「さあなあ、おばちゃんにはわからんなあ」

どうしてだれも助けてあげなかったの。いくらウソつきだからって、少しぐらい友だちがいたはずじゃないの。そう聞こうとしたんだけど、おばちゃんはもう、集会場の入り口のほうをむいていた。

そこでは、マロにささえられたガクがまだ泣いていた。

「……ガクくんまだ泣いてるわ。なんか、かけるくんより泣いてるやない」

「しゃあないねん」

わたしは、おばちゃんにいった。「ガクは泣き虫やから。昔から泣きメチョ。でもほかの子にいうたらあかんで。あたししか知らんことやから」

「へえ」

おばちゃんは、またわたしを見て笑いかけた。「ほんなら、リリイちゃんもいったり」

「あたしがいったら、よけいに泣くだけや。よお知ってる」

「それでもええから、いったり」

「なんで?」

「泣いてるからやんか。あほやな」

意味がよくわからなかった。だけどおばちゃんが、すごく当たり前のことみたいにいうから、わたしはしぶしぶフェンスをはなれて、ガクのほうにむかった。とちゅうで一度だけふりかえると、おばちゃんはもう、あさっての方向をむいていた。

「リリイ」

すっかりこまりはてていたマロが、情けない顔でわたしにいう。「ガク、ぼろぼろになってどないしよ。泣きすぎやんか。どないなっとんねん」

「あほのやることはわからん」

わたしはそういうと、しばらくのあいだガクの肩をたたいたり、背中をこづいたり、身体《からだ》をゆさぶったりした。

おばちゃんじゃないけど、ガクが泣いていたから、そうした。

お葬式《そうしき》が終わると、もう夕方になっていた。帰り道が同じなんで、わたしはガクといっしょに家にむかった。さすがにこいつも、もう泣きやんだようだ。

「ガク。あんな」

「うん？」

「ガクって、かけるのおじいちゃんのことくわしい？　それか、おかざき商店のおばちゃんのこと」

「別にくわしないけど、なんで？」

「なんとなく」

わたしはいってみた。ばかだなって笑われるのは、わかっていたけど。「なんとなく、おかざき商店のおばちゃんって、かけるのおじいちゃんのこと好きやったんちゃうかな思うて。それか、おじいちゃんがおばちゃんのこと好きやったり」

「はあ？　なんでよ」

ガクはあきれた顔をして聞きかえした。

「おかざき商店のおばちゃんと、かけるのじいちゃん？　あほいえ。あんなん、生まれたときからおかざき商店のおばちゃんやってたで。じいちゃんは生まれてからずっと酒飲んでたんやって」

「でも、あたしはそう思うんや」

「あほ。だいたいな……」

「やかましー」

わたしは両方の耳を指でふさいだ。ガクの声が聞こえないように。

「あたしだけそう思ってるんやから、それでええの。あんたはだまっとき。よけいなことといわんでええねん」

ちぇっ。ガクは不満そうな顔をしていたけど、それからはもう、おばちゃんたちの話はしなくなった。

さやま団地前のバス停についたころは、もう空がまっ赤だった。冬は暗くなるのが早い。五時からあるドラマの再放送でよくわかる。夏はドラマが終わったころに夕焼け。冬はすっかり夜になっている。だからもうすぐ、空がまっ暗になってしまうだろう。

二人はバス停のブロックに腰《こし》をかけて、バスを待った。もちろんバス停のブロックは小さいから、別々の辺に腰をかけていた。ガクが西をむいていて、わたしが南をむいていた（ちなみに南はSです）。

「あんた、さっきからずっとしゃべらんな」わたしはいった。「耳ふさがれて怒ったん」

「あんな」

ガクのようすがおかしいから、身体《からだ》をまげて見てみた。そうしたら、どうしてなのかいつもより小さくなっていた。塩をかけられたナメクジみたいに、もぞもぞしていた。はずし忘れているつめえりが、あごにめりこんで痛そうだ。

「あんな。そのー、ええと、ちょっといおっかな」

「なんやのん、モジモジして」

「モジモジはしてへんけどさあ、ええと、リリイって今、つきあってる子おる？」

はあ？　こんなときに、なに聞いてくるんだ、こいつは。

「おらんけど、なんで」

「ほんなら好きな子は」

「それはいわへん」

「あんなー、そんなー、おれ、ちょこっとだけリリイが好きやねんな」

「ちょこっと？　なんやそれ」

「いやその、ちょこっとっていうか、好きやねんけどさ」

「ほんで?」

「ほんで、もしよかったら、つきあってくれへんかなあと思うて」

どうしてうちの男子たちは、おかしなときにおかしなことをいうんだろ。うれしいはずなのに、おどろきすぎていて、ちゃんとよろこべなかった。

「な、なんで、こんなときにいうんよ。おじいちゃんのお葬式《そうしき》の日に」

「だってなんか」

ガクは、夕日を見つめながら言葉をじっと考えていた。そこに正解が書いてあるみたいに、赤くなった空をじっと見ていた。

「だって、あした死ぬかもしれんから、早いうちにいうとこ思うて。じいちゃん見て、そう思うたの」

「あんたがあした死ぬわけないやん」

「そりゃわかってっけど、バンドマンやもん。あしたのことはわからん」

「ふう」

どうしてだか、ため息が出た。それは、疲れたため息じゃなくって、「ふう、ガクらしいね」の「ふう」だった。

で、「ふう」のあと、わたしはしばらくだまっていた。いじわるかなと思ったけど、もう少しこのままでいたかった。ほら、すぐに答えてしまうと、今のことを忘れてしまうかもしれないでしょう。だからもう少しだけじっとしていて、よく覚えておこうって。

この感じ。だれかに好きですっていわれたときの感じ。コタツに足をつっこんだ感じともちがうし、ココアの最初のひとくちともちがう。ただのいいこととは、やっぱりちがっていた。うれしいのとてれくさいのがいっしょになっている。

ちょこっと不安もあった。こんなわたしのどこがいいんだろうって。

でも、きょうのことを覚えていよう。ややこしいけど、覚えていよう――うれしい。てれくさい。そしてちょっと不安。そんな気持ち、ずっと忘れないでいよう。

「えへへ……」

「えへへって、リリイはどう思うん」

「あー、まー、そうやな。ガクは、まあまあええかな」

「つきあってくれるん」

「あんたがそういうんやったら、まあ、ええよ」

わたしは、ずっと胸にしまっていたことをいわず、そんなふうに答えた。「バンドマンやもんな。あした死ぬかもわからんし」

「やった」

「でもさ。あたしらつきあったって、どう変わるんかな。今までと、なんかちがうことせえへんと、つきあってるって気いせえへんやん」

つきあったら、まずなにをするんだろう。考えてみたら、まずはデートだ。それか、学校の帰り道を二人で歩くってこと。帰り道を二人だけっていうのは、かなりてれくさいから、三年生になってからでいいかな。

「ふつう、まずはデートするんかな」とわたし。「三学期はじまったら、とりあえず最初の休みにデートする?」

「それもええけどさ」

ガクは指をおかしな形にからませていた。OKサインをぜんぶの指でつくり、気持ち悪い形にしている。「それもええけど、三学期はじまったらさっそく合宿やろかなあって思うててんけど」

「えー。またバンド」

それでもいいのに、わたしはわざとふくれてみせた。ガクがおろおろしてるところを見るのも楽しかった。

「……ほんなら、合宿の次の日は?」

「うん、じゃあ、わかった」

「ガク、どこにつれてってくれるん?」

「そんなんわからんよ。一日に、なんぼも考えられへんもん」

ガクはやっぱりたよりにならないなあ。でもこれからは、こいつが彼氏か。友だちだし、同じバンドのメンバーでもある。これからのガクは、わたしの中で、一人三役もこなすわけだ。ガクはわたしの彼氏で、友だちで、バンドのメンバーってわけ。

なんて思ってはみても、さっきからわたしたちは、ちっとも目を合わせていなかった。三分前につきあいはじめてから、まだ一度も顔を見ていない。ガクはまだ、彼氏らしくなかった。走っていく車をながめてるだけ……ま、しょうがないか。まだ三分だもんね。これからゆっくり、彼氏っぽくなってくれればいい。

だからわたしは、なにか別のものをさがした。まっ赤な空がきれいだったから、それをだまって見つめた。ちょうど飛行機が西に飛んでいくところだった。飛行機はたった一機でさびしそうに飛んでいたんだけど、夕日を受けていちばん星みたいに光っていた。

「あ。なんかあれ、かけるのギターみたい」

わたしは空を指さした。「ほら。ギブソンのフライングVやで」

ガクも同じ空を見た。

「そういうたら、似てるかもな」

「To be, to be, Ten made to be、やんか」

「トゥー・ビー。トゥー・ビー。テン・メイド、トゥー・ビー……なんじゃそりゃ」

ばかめ、知らないのか。ローマ字にして読んでごらん。トベトベ、テンマデ、トベ――飛べ飛べ、天まで飛べ。

ガクは答を知りたがっていたけど、わたしはそのままほうっておいた。

飛べ飛べ、ぎぶそん。飛べ飛べ、ガンズ・アンド・ローゼス。飛べ飛べ、わたしのバンド。そして飛べ、飛行機。

わたしたち、つきあうことになりました。だから、世界に報告してください。飛行機雲で、空に二人の名前を書いてください。風に消えないよう、大きくたのみます。

空があまっていたら、かけるの名前も、マロの名前も、どうかよろしく。
かしこ。

追伸《ついしん》。おじいちゃん、天国でもお元気で。

11

　ぼくたちは、イヤホンを半分こして片耳ずつ音楽を聞いていた。もちろんガンズ・アンド・ローゼスだ。恋人同士にも、夕焼けにもまるで似合っていなかったけど、これがぼくたちの歌、ぼくたちの声だった。

　やがて、音楽は終わった。テープが止まった。飛行機の消えた西の空が悲しい色をしていたんで、ぼくはリリイに手をのばした。わがバンドのドラマーのくせに、ずいぶん小さな手をしているんだな。本気でにぎったら、こわれそうだ。だから、優《やさ》しくにぎってあげた。とても大切ににぎった。もう少し大人になったら、もっとうまく手をつなげると思うけど、今はこれがせいいっぱいだ。

とにかく。とにかく今、二人は友だちの先にある境界線《きょうかいせん》を、いっしょになってジャンプした。二人で、昭和のむこうにジャンプした！　じゃーん！

そして、着地したときには太陽が沈《しず》んでいた。だけどぼくは、リリイのとなりで、いつまでもまぶしい気分でいた。きっと、沈まない太陽ってのがあるんだな。ぼくの好きな太陽。たとえばそれはリリイ。たとえば、かけるやマロ。たとえばギター。それからガンズ・アンド・ローゼス……まだまだあって、書ききれない。

これじゃあじこしょうかいのとき、たいへんだよな。

コンニチハ。ぼくはガクってよばれている。きみはだれ？　名前は？

ぼくの好きなものを教えてあげる。

協力　ギブソン・ミュージカル・インストゥルメンツ

伊藤たかみ（いとう　たかみ）
1971年兵庫県生まれ。早稲田大学政治経済学部卒業。『助手席にて、グルグル・ダンスを踊って』で第32回文藝賞受賞。著書に『ロスト・ストーリー』（河出書房新社）、『雪の華』（角川春樹事務所）など多数。初の児童書『ミカ！』（理論社）で第49回小学館児童出版文化賞受賞。その他の児童書として、『ミカ×ミカ！』（理論社）がある。

装丁　重原　隆
装画　ゴツボ×リュウジ

teens' best selections 7
ぎぶそん
伊藤たかみ

発行　二〇〇五年　五月　第一刷
　　　二〇〇六年　八月　第七刷

発行者　坂井宏先
編集　門田奈穂子
発行所　株式会社　ポプラ社
〒一六〇―八五六五
東京都新宿区大京町二二―一
振替　〇〇一四〇―三―一四九二七一
電話（営業）〇三―三三五七―二二一二
（編集）〇三―三三五七―二二一六
（お客様相談室）〇一二〇―六六六―五五三
FAX（ご注文）〇三―三三五九―二三五九
インターネットホームページ　http://www.poplar.co.jp

印刷・製本　共同印刷株式会社

ISBN4-591-08663-1/N.D.C.913/262P/20cm